司馬遼太郎
東北をゆく

Akasaka Norio
赤坂憲雄

人文書院

司馬遼太郎　東北をゆく

目次

はじめに　7

第一章　陸奥のみち——青森県東部〜岩手県北部　13

そこは蜜と乳の流れる山河になっていたかもしれない　13

聖人も将軍も武士も商人もみな泥棒である、という　23

南方憧憬となつかしい移民史が交わるとき　32

第二章　羽州街道——山形県内陸部　41

その城下町には江戸時代の闇が残っていた　41

封建的な良心と閉鎖主義がいまに尾を引いている　51

第三章　仙台・石巻――宮城県海岸部　65
この藩は沃土のうえに安住して殖産興業をおこたった　65
宮城野で南へ、北へのまなざしが交錯する　72
景色とは遠きにありて想うべきものだ、という　81

第四章　秋田県散歩――秋田県沿岸部〜北部　95
西行は象潟を絵画にし、芭蕉は音楽にした　95
植民地という、異物のような言葉が転がっていた　104
東北の武士たちに捧げられたオマージュとして　119

第五章　白河・会津のみち――福島県中通り〜会津　135
「奥」の地政学の見えない呪縛のなかに　135
イデオロギーに支配されて、人間は幸福か　147
ついに見えない中心、会津にたどり着いた　157

第六章　北のまほろば――青森県津軽〜下北　175
この寂しさの砂の下に、中世の都市が眠っている　175
日本人は多様な血をもっている、それが誇りだ　191
会津も斗南も、やがて遠い世になろうとしている　207
あとがき　221
引用文献　226
参考文献　227

司馬遼太郎　東北をゆく

現在（左）および幕末（右）の東北地方

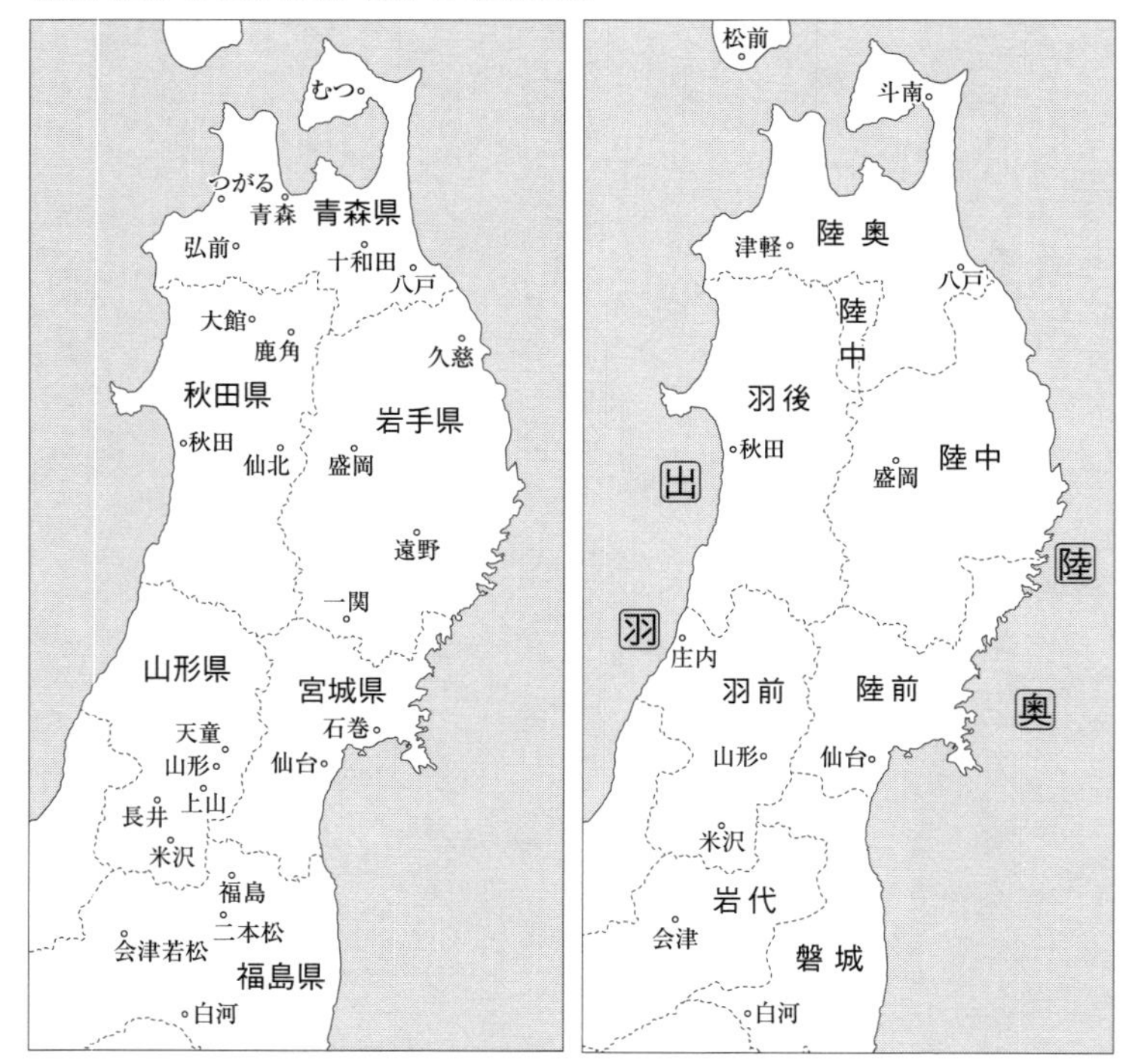

※右図の斗南藩は明治二（一八六九）年に立藩

はじめに

わたしはたぶん、司馬遼太郎のまっすぐな読者ではない。肌合いがはっきりちがう。それでも、折りに触れて、『街道をゆく』のなかの幾編かは飽かず読み返してきた。いつのころからか、司馬の東北論が気に懸かるようになっていた。司馬の東北びいきがあまりにあらわであったからだ。あられもなく、それを語りつづける司馬の姿に、くすぐったいような驚きを抑えることができなかった。ときには、驚きといった域を越えて、たじろがされる場面もあった。

たとえば、『街道をゆく』の一篇である「北のまほろば」には、こんな印象的な一場の光景が書き留められてあった。ある春のこと、司馬は作家の八木義徳とたまたま出会った。

私にとって、初対面だった。八木さんは、不意に、

「あなたには、むかしから東北地方に格別な思い入れがありますね」

といってくれたことに、予期せぬ知己の情をおぼえた。横にいた青森県八戸出身の三浦哲郎氏が、無言ながらうなずく気配があった。このこともうれしかった。

両氏とも、その理由はなにかとは、質問されなかった。理由など、私自身にもよくわからないし、第一作家にとって——この場合、八木さんと三浦さんだが——好き嫌いの理由など信じないところから感覚が出発している。（傍点は引用者、以下同じ）

いまだに奇妙な余韻があとを曳いている。八木の頭には、幕末の会津藩主・松平容保（かたもり）を描いた小説『王城の護衛者』か、それとも『街道をゆく』に収められた東北紀行のいずれかが浮かんでいたのか。はじめての出会いであった。それにもかかわらず、八木は不意に、「あなたには、むかしから東北地方に格別な思い入れがありますね」と語りかけたのであった。そのとき、司馬はおそらく深い歓びに包まれたにちがいない。八木については、「自伝的で求道性の高い作品を世に送り出している」とわざわざ注記がほどこされていた。その道を求める人の言葉に、「予期せぬ知己の情」を覚えたのである。さらに、かたわらには八戸出身の作家・三浦哲郎がいて、どうやらそれに同意したらしい。それにもまた、司馬は素直に喜びをあらわしたのである。記憶に深く刻まれた場面であった。

司馬遼太郎は大阪出身、つまり西の人である。その根っからの西の人が、なぜ、そこまであらわに東北への思い入れを抱き、しかも隠そうとしなかったのか。それはたとえば、岡本太郎の無邪気な東北びいきなどとは、まるで肌触りも方位も異なっている（拙著『岡本太郎の見た日本』を参照のこと）。司馬はいわば、いっときの熱や興奮にうなされて、東北びいきを語ったわけではない。そこに見いだされるのは、どこまでも落ち着いた大人のまなざしである。揺らぎはない。一貫している。だから、わたしにとっては長く謎めいたものでありつづけてきたのである。

さて、『街道をゆく』というシリーズには、六篇の東北紀行がふくまれている。飽かずくりかえし読んできた。いくつもの発見があり、また再確認したこともある。ここでは、それらの東北紀行を一篇ずつ読みなおしながら、司馬の東北論の輪郭を可能なかぎり浮き彫りにしてみたいと思う。

まず、ふたつの紀行から、その書きだしの数行を引いてみる。

> 奥州というと、私のように先祖代々上方だけを通婚圏や居住圏としてきた人間にとっては、その地名のひびきを聴くだけでも心のどこかに憧憬のおもいが灯る。
>
> （「陸奥のみち」）

私は東京を知らないために東北についても昏い。中学生のころ、箱根以北は一つの世界で、その東北の勢力が西南へのびることによって東京という町が形成されていると錯覚していた。（「羽州街道」）

とても正直な書きぶりである。隠す必要がない。たんなる事実でしかない、ということか。司馬は東京を知らない、だから、その、さらに向こう側に広がっている東北にはなおさら昏い、すなわち無知だったのである。まわりには東北出身者がほとんどいなかったし、東北にじかに触れる機会もなかった。白河以北どころか、箱根の関を越えた向こうは「一つの世界」であると、中学生のころは錯覚していたほどだ。のちに、この話を東京生まれの友人にすると、きまって笑われたともいう。

しかし、思えば、箱根より東の関東から東北にかけての地域がアヅマと呼ばれていた時代が、たしかにあった。古代の都人たちは、その「一つの世界」をアヅマ（東・吾妻）と呼びならわし、ときにあこがれたのではなかったか。司馬がほかならぬ王朝人のみちのく憧憬に共感する姿を、わたしはくりかえし目撃することになった。東北の地名のひびきを聴くだけで、心のどこかに憧憬の思いがぽっと灯るのだ、という。それはきっと、そうした文学的なみちのく憧憬へとつながっている。

関西に生まれ育った人たちにとって、東北がはるかに遠く、昏い、そもそも地図を描くことがむずかしい世界であることはよく承知している。東京で知り合った京都や大阪の出身者たちが、あっけらかんと、また申し訳なさそうに、そんなことを語るのを幾度となく聞いてきた。東北の人たちは、自分のなかにまともな西の地図がないことは棚に上げて、やっぱり東北はみちのくだから仕方がないか、などと思うかもしれない。そうして傷つくことそれ自体が、東北なのだということを記憶に留めておくことにしよう。東北と関西は東京をあいだにはさんで、あくまでくっきりと非対称なのである。

司馬はまた、こんなふうに述べていた。

> 大人になってからの東北観はそれほど単純ではないが、しかし似たようなものかもしれない。
>
> 二十代の東北観は、東北の風土からは詩人がむらがり出てくるという印象が基礎になっていた。幾人かの東北出身者と知りあうにつれて、かれらが自分の境涯や物事への感想を語るときに特有の抑揚を帯びることを知った。その抑揚には微量ながらも詩的気分が含有されているようにおもわれ、こういう土壌から傑出した詩人群を生みだすのかと思った。(「羽州街道」)

こうした東北の詩的な風土についても、六篇の東北紀行のそこかしこで語られていた。とはいえ、そこで幾度となく言及されているのは芭蕉とその『おくのほそ道』であり、東北の近代を代表する、石川啄木・宮沢賢治・斎藤茂吉といった詩人たちではなかった。司馬はあきらかに、茂吉や啄木にたいして冷淡であった。それとは対照的に、東北をゆく司馬は、意外なほどに、西行や芭蕉によっておこなわれた歌枕の旅の跡をたどることに執着を示した。二十世紀の末に近く、『街道をゆく』によって歴史紀行という文学ジャンルを創始したかにみえる司馬が、じつはきわめて忠実な歌枕の旅人としての古風な貌（かお）をもっていたことを指摘しておくのもいい。

　さて、東北の街道をゆく司馬遼太郎の跡を、わたしもまた、急ぎ足でたどりなおすことにしよう。

第一章　陸奥（むつ）のみち――青森県東部～岩手県北部

久慈街道という、沿道に飢餓の口碑が無数にある古街道をゆくにあたって、コメに執着し、稲作を中心に文化意識をつくりあげ、ついには稲作をめぐって階級身分までつくりあげた日本人のこのふしぎさをついおもわざるをえなかった。（「陸奥のみち」）

そこは蜜と乳の流れる山河になっていたかもしれない

はじまりの東北紀行である。それが「陸奥のみち」（一九七二年連載）と題され、「奥州という……」と書きだされていたのは、むろん偶然ではない。司馬はあえて、岩手や東北ではなく、陸奥や奥州といった古風な地域名称を選んだのである。近代という時間に縛られた岩手や東北の向こう側に広がっている、古代からの遠い時間を抱いた陸奥や奥州こそが、司馬が語らねばならないものだった。とはいえ、これらの地域名称はそのつどゆるやかに選ばれており、厳密な使用の区分けがつらぬかれているわけではない。

たとえば、東北の地図をもたない読者のために、こんな一節を「陸中の海」の章から引用しておくのも意味があることだろう。

東北は、いうまでもないことだが奥羽とも言い、奥羽とはこれまたいうまでもないことだが陸奥と出羽をつづめた呼称である。出羽は越後につづく日本海岸地方の総称で、平安末期から北は津軽半島の一部をもふくめていたらしい。東北の日本海岸つまり出羽というのは上代の早い時期から弥生式農業による開拓が北進していたし、とくに近世に入ってからの北前船（きたまえぶね）（日本海海運）の繁昌で西日本と均一の文化性をもっていた地帯で、これに対応するところの奥羽山脈を背骨とする太平洋岸（陸奥）にくらべると農耕文化の適応性ははるかによく、要するに出羽の秋田などでは、東北というこの天地の広漠とした感じが出ないのである。

そこへゆくと、四国と面積がほぼおなじという南部（岩手県）は水田耕作の適地がすくないだけに、いかにも天地広大という感じがする。

東北は広大であり、多様性を抱えこんだエリアであった。それが東北紀行の起点に置かれている。奥羽とは、太平洋側の陸奥／日本海側の出羽を包括する呼称である。東北はまた、みちのく（道の奥）とも呼ばれてきたが、たとえば秋田などには、出羽はみちのくではない、という意識が比較的に強く存在するようだ。その意味では、司馬がここで、東北地方を縦につらぬく奥羽山脈の東側／西側において、その歴史・文化・風土が大きく異なっていることを周到に指摘していることには、関心をそそられる。しかも、そこでの比較の指標とされていたのが、稲作を中心とする農耕文化であったことは見逃すわけにはいかない。このテーマにたいする執拗な言及が、司馬の東北紀行の全編に見いだされることを、あらかじめ指摘しておくことにしよう。

　この東北の近代は、一八六八年の戊辰戦争の敗北とともに幕を開ける。古代東北のまつろわぬ民・蝦夷（エミシ）が、ヤマト王権が差し向ける軍勢によって征服されて以来、いったい何度目の敗北であったことか。東北の古代以来の歴史の底には、否定しようもなく敗者の精神史がよじれなが

ら流れているが、この点について、司馬の立場はいくらか微妙であったかもしれない。その敗者の精神史には気づいていたし、深い同情も寄せてはいたが、司馬は同時に、それがルサンチマンと化して負の呪縛となることを望まなかった。それはなによりも、東北にとって不幸だと感じていたのではなかったか。

しかし、戊辰戦争に関しては、司馬はくりかえし、東北紀行のなかである批判的な留保をおこなっている。勝者となった薩摩や長州の側から、一方的に幕末・維新の歴史語りがなされてきたことへの留保ということだ。その総集編ともいうべきものが、会津紀行のなかに見いだされる。そして、それは司馬の東北紀行にとっては、ある秘められたクライマックスとなるはずだが、いまはまだ早い。

さて、奥羽から越後にかけての諸藩は、奥羽越列藩同盟を結んで薩長を中心とした西軍と戦い、敗北を喫した。それが戊辰戦争である。そうして「朝敵」と貶（おとし）められながら、明治の世を生きることになった東北にたいして、会津城を攻め落とした長州軍の士官のひとりは、「白河以北、一山百文」という言葉を投げつけた。白河の関の向こう側に広がっている東北にたいして、ひと山百文の値打ちしかない、未開の大地だ、と蔑視する言葉であったことだろう。東北の人々はそのように受けとめてきたし、それゆえに、ひそかな抵抗の意志を育んできたかとも思う。

司馬はそれを、会津への怨恨に根ざした、「東北地方の面倒など見てやるものか」という意味をこめた歴史的な放言とみなしている。明治政府はたしかに、東北を飛び越えて北海道開拓に熱をあげ、それに飽きると、「古来堂々たる独立国」であった朝鮮に眼をつけ、さらに昭和期には満州略取とその経営に躍起になった。国内の東北には魅力を感じず、東北帝国大学をつくった程度のことで、「ほとんど見捨てたも同然のまま置きざりにしてしまった」のである。ここまで断定的な語り口で言い切られている場面というのも、珍しいかもしれない。司馬がこんなふうに感情をむき出しにすることは、めったに見られない。義憤という古めかしい言葉が浮かぶ。司馬の東北への思い入れの根っこには、まさにこの義憤がからんでいたのではなかったか。

このあとに置かれた一節には、いたく関心をそそられてきた。

いまさら振りかえっても仕方のないことだが、東北という、とくに太平洋岸の陸奥という、この乾いた寒冷の風土にたとえば北欧諸国などの国土経営法の下敷をあてることによって――つまり白河以南の米作地帯とは別原理の思想でもって――有史以来の東北経営をやり変えてしまうという構想が、明治初年に思いつかなかったものだろうか。もしそれがなされていたとすれば、百年後のこんにち、たとえば四国地方の面積を一県でもつという広大な岩手県などは蜜と乳の流れる山河になっているかもしれないのである。

（「奥州について」）

ここに、有史以来の東北経営とは、白河以南と同じように「弥生式水稲農業」を可能なかぎり広げて、東北全域を稲作地帯とすることをめざすものであった。東北の近代はまさに、国策によってそこに誘導されていった。ヤマセと呼ばれる風がもたらす冷涼な夏ゆえに、稲作には適さぬ土地とされてきた北東北の南部・下北地方などでは、明治半ばからしだいに稗（ヒエ）から稲への転換が進められていったが、そのために、いまだに冷害・凶作の不安から解き放たれていない。

そして、近代の東北は、すくなくとも戦前については、大規模な開発プロジェクトや産業振興とはかぎりなく無縁な地域に留めおかれたのだった。いわば、岩手の乾いた寒冷な風土にこそふさわしい、北欧風の「蜜と乳の流れる山河」への道行きといったものを政策として提示する者はいなかった、ということだ。司馬はそれを、見捨てたも同然に置きざりにした、と表現したのではなかったか。念のために言い添えておくが、宮沢賢治が愛した小岩井農場などは、そうした「蜜と乳の流れる山河」へのたいせつな試みのひとつであったはずだ。

*

はじまりの東北紀行の冒頭に置かれた「奥州について」という章には、司馬の東北論の大きな輪郭が示されてあった。こんな一文がみえる。

コメというのは、妙なものである。

不思議な、いや、どこか異形の匂いを漂わせた物言いであったか、と思う。わたし自身にとっては、あくまで思いがけぬことであったが、司馬の東北論を通底するテーマのひとつは、東北が風土に抗うかたちで水田稲作に縛られてきた歴史そのものへの同情に満ちた批判であった。司馬には、いわゆる稲作中心史観に向けての批判がある。その意味では、「コメというのは、妙なものである」という言葉は、たんなる偶然の呟きといったものではない。

ここでは、司馬が語っていた弥生以降の歴史についての大まかなデッサンを示しておきたい。一九七二年という時代的な制約は考慮する必要があるが、いわゆる司馬史観の個性がはっきりと刻まれていることは否定しがたい。枝葉を払ったうえでの要約的なデッサンである。

――あるとき、弥生式農耕を身につけた生産集団が、北九州の一角に出現した。かれらは神々・巫女(みこ)・巫人(かんなぎ)をもつことによって、集団の精神を形成し、それによって共通の文化をたもっていた。その生産集団が、数世紀も経たずに近江（滋賀県）と美濃（岐阜県）の境あたりまで潮の満ちるように満ちて、西日本一帯はひとつの生産文化を共有することになった。美濃から東のほうは、なおアヅマという東方の辺土である時期がずいぶん永かった。やがて弥生式農耕が関東におよび、白河の関でストップする。その以北が、狩猟生活集団が蟠踞(ばんきょ)する奥州であった。蝦夷(エゾ)とか蝦夷(エミシ)といわれ、アイヌもその一部である狩猟集団は、古くは西日本にもいたにちがいないが、西日本の水稲農業の耕地化が進むにつれて、ひと山ずつ東へ移り、ひところ関東平野にもたくさんいたこともあったようだが、やがて那須国造などの農耕集団ができあがるころには、ついに奥州にゆき、ここを本拠とした。とはいえ、「武力によって追われた」わけではなかった。

このとき、司馬はどうやら、列島の東部を中心にして一万年にわたって展開した縄文文化と、その担い手集団、その後裔としての蝦夷について、多くの知識をもたなかったようにみえる。そのあたりは、いずれ一九九四年になって三内丸山遺跡との出会いをつうじて、司馬自身によって変更の手が加えられるはずだ。アイヌにかかわる見取り図もまた、そのとき大きく変わってゆく。あらためて第六章で触れる。

ここでは、司馬の示した蝦夷イメージについてだけ触れておく。――蝦夷にして、農耕生活に入った者を田夷と呼んだ。熟蕃である。つまり、王化のもとに入った、いわば律令体制に組み入れられた蝦夷をさしていた。これにたいして、それ以前からの狩猟採集生活を続けている蝦夷を山夷と呼んで、討伐の対象にしたのである。農といい、猟というが、それはたんに生業のちがいにすぎなかった。それにもかかわらず、ヤマト王権は農業化した者のみを王民とみなし、それ以外の者たちを凶悪な異民族と位置づけたのである。そこには、「弥生式農業だけが正義であるというふしぎな思想」が存在したが、この「笑えない歴史」はいまだに、かたちを変えて続いている。そう、司馬は書いている。

こうした蝦夷イメージもまた、司馬自身のなかですこしずつ変容を遂げてゆくはずだ。記憶に留めておきたいのは、この稲作農耕／狩猟採集という、生業における対比の構造が、蝦夷や奥州にたいする異民族視や差別の根底に横たわり、それはつねに、「弥生式農業だけが正義であるというふしぎな思想」を拡大再生産してきた、と司馬が考えていたことである。司馬の東北論にとっては、たいせつな要石となるだろう。重農主義的な傾向にたいする批判といってもいい。

いまひとつ、要約的なデッサンを示しておく。

――日本の上代天皇制というのは、弥生式農耕が西から東へ広がってゆくにつれて、それと表裏一体になって教勢が自然に伸びていった「宗教的存在」であり、「攻伐によって版図を斬りとっていったものではない」。いわば上代の天皇制とは農業の同義語かもしれず、より的確にいえば、「農業の権威的象徴」というべき存在であった。つまり、農業が日本列島にゆきわたるにつれて天皇制が広がっていっただけのことだ。そうした「弥生式天皇制」が大化の改新以後、中国におこった統一帝国（隋・唐）に対抗するために、にわかに中国の律令体制を輸入せざるをえなくなり、中国風にまるで征服王朝のような「皇帝」の称号をいただくようになっただけのことだ。そして、にわか律令官僚たちが、弥生式天皇制をゆがめることによって、奥州を武力討伐するにいたる。畿内政権にとって、辺境の夷狄（いてき）とは奥州の非農耕集団のことであり、これを征討することによって、中国風の中央集権国家の外観を完成させようとしたのである。

ここにみえる「弥生式天皇制」という表現など、なかなか興味深いものである。司馬はあきらかに、古代の天皇制を弥生以降の稲作農耕文化が産み落としたものと考えている。それはいわば、稲作農耕の権威的な象徴であり、宗教的な存在でもあった。稲の王といってもいい。おそらく、天皇の即位儀礼としての大嘗祭などから導きだされたイメージであったはずだが、その根拠は示されていない。そして、そのうえに中国から律令制度が輸入されることによって、この稲の王の皇帝化がはじまり、その中央集権的な国家としての外観を整えるために、討伐の対象としての夷狄が発見されるにいたる。そのターゲットとされたのが、ほかならぬ奥州の非農耕的な集団、つまり蝦夷だったわけだ。

古代の天皇制や国家の誕生のプロセスについては、もうすこし精緻な議論が求められるにちがいない。気になるのは、稲の王としての天皇制は、本来は武力には拠らずに、潮の満ちるように満ち広がっていったと考えられていることだ。したがって、蝦夷の討伐といったものは、稲の王としての「弥生式天皇制」が歪められることで起こった、偶然の結果にすぎない。司馬はそう、古代天皇制をめぐる原風景を示唆していたのである。

聖人も将軍も武士も商人もみな泥棒である、という

司馬はのちに、やはり東北紀行のひとつである「秋田県散歩」のなかで、この「陸奥のみち」の旅を思い返して、こう書いていた。すなわち、「その旅は、なつかしい。私にとっては三陸海岸に面した漁港をもつこの古い城下町は、ながくあこがれていた地だった」と。三陸は東北紀行のはじまりの地だった。ここにみえる古い城下町とは、むろん八戸のことである。

その、はじめての八戸の夜、市内のホテルの近くで夕飯を食うことになった。そこには、皿に盛りあげられた海鞘(ほや)と大輪の菊の花を前にして、立ち往生する司馬の姿が見いだされる。司馬の言い訳がかわいらしい。海鞘については、「私は動物性食物についての冒険性が皆無で、こどものころに食った食品の範囲からいまだに一歩も出られずにいる」といい、食用菊については、「上方にはそういう現象はなさそうである」という。そういえば、たしか「北のまほろば」であったか、アレルギーなのに無理して蟹を食べてひどい目に遭ったエピソードが語られていた。

フィールドワークを仕事にしている者たちには、野蛮な仁義めいたものがある。出された物は、ことにそれが土地の人たちが食べている物であれば、どんなに嫌いでも、たとえ少々腐っていたとしても、無理矢理に食わねばならない、ということだ。すくなくとも、「こどものころに食った食品の範囲からいまだに一歩も出られずにいる」といったことだけは、フィー

ルドワークの現場では許されない。共食、つまり、ともに同じ物を食べることをきっかけとして、聞き書きが深まることは珍しくはない。司馬はそもそも、食の細い人であったらしい。冒険ができないとすれば、食文化にかかわる豊饒なる物語を紡ぐといったことはむずかしい。司馬は食の語り部ではなかったのである。

司馬の旅のスタイルといったものに眼を凝らしてみるのもいい。じつは、「陸奥のみち」の旅はあらかじめ、八戸から久慈にいたる、「山間部の、古怪なとしか言いようのない」久慈街道をゆくことを選んでいた。いくつもの語られぬ理由があったようだ。しかし、「いちいち説明するのは物憂い」と、なぜか司馬は先を急いだのである。これ以降の東北紀行の場合には、あえて行き先やルートなどを決めずに、いきなり空港や駅に降り立っている。そこから、地図を広げて、道行きを手探りしてゆく。それを楽しんでいる気配が濃厚だ。「陸奥のみち」だけがちがう。ともあれ、地図だけは複数あらかじめ用意されていた。市街図を広げて目的地を探したり、眼の前の風景と地形図とを重ね合わせにする姿が、紀行のそこかしこに見いだされる。

そして、「私は旅行をするとき、できるだけ土地の諸権威のお手数をかけることなくひとりで歩くように心掛けてきた」ともみえる。司馬はおそらく、郷土史家のような人たちに案内を乞えば、かならず生まれてくるさまざまな呪縛を避けたかったのである。たしかに、土地の権威に逆らうのはむずかしい、逆恨みだってされかねない。気ままに歩きたい。それにしても、「仙台・石巻」のどこであったか、小さな社の前で、「奥さんが由緒を話してくれたが、そういうことよりも上代、塩釜には……」と、いわば、語りにはうわの空で、時空を越えた連想を文字資料のうえに跳ばしてゆく司馬の姿が描かれていたことを思いだす。
司馬の旅の作法がよく透けて見える。むろん、批判しているわけではない。わたしのように民俗学にかかわる者は、アイデンティティを賭けて土地の人の語りに耳を傾けるが、そこに、つねに「真実」がふくまれているわけではないことは、よく承知している。そのように語られることにこそ、その人にとっての「真実」があると考えるだけだ。歴史の「真実」はまた、別のところに隠れていることだろう。
たとえば、「南部衆」という章の末尾にみえる、こんな一節はどうか。

しかし直房殺しにせよ、この毒殺伝説にせよ、また相馬大作の事件にせよ、いかにも中世的な伝奇性に満ちた事件で、これでみると南部というのは他の地方では終了していた中世が江戸中期まで継続し、近世がほんのわずかな期間きらめくように存在したあと、いきなり原敬によって象徴されるような政治のモダニズムを生みだしたというふしぎな土地であるようにおもわれる。

八戸南部藩のはじまりには、陰惨な事件が絡みついている。南部藩（のちの盛岡藩）の十万石から二万石が分割されて、八戸南部藩があらたに興されたが、その初代藩主となったのが南部直房である。この直房は、南部藩から送りこまれた刺客によって、「正義の名のもとに」殺害される。司馬はいう、このあたりの刺客の忠誠心は、「倫理的にも政治的にも常識をたかだか超越していて、一種凄惨な情念とでもいうほかない」、しかも情念とはいえ、発作的なものではなく、綿密に練られた計画にもとづくところが異様である、と。あとを継いだ直政にも毒殺伝説がまつわりつく。

いわば南部では、こうした「中世的な伝奇性に満ちた事件」が江戸中期まで継続したのである。わずかな近世があり、それがいきなり原敬的な「政治のモダニズム」を生みだした。その原も揺るがぬ信念をもって事にあたり、暗殺された。南部は「ふしぎな土地」である、そう、司馬はどこか慨嘆でもするように書いている。土地の人が、また権威ある郷土史家が語るかもしれぬ伝説そのものよりも、その底に声もなく埋もれている「真実」こそが、司馬が物語りしたかったものではなかったか。

*

司馬の安藤昌益論がとても魅力的である。ただし、この「陸奥のみち」で語られたものと、のちに「秋田県散歩」のなかで示されたものとでは、微妙に温度差やズレが感じられる。

むろん、安藤昌益は八戸の町の人であった。司馬はいう、「日本は独自の思想家を生まなかった」といわれてきたが、明治三十二（一八九九）年に狩野亨吉が安藤昌益の著書を発見したことで、その先入観はくつがえされ、さらに、昭和二十五（一九五〇）年に刊行されたハーバード・ノーマンの『忘れられた思想家』によって、昌益の名はわれわれに親しいものとなった、と。のちに、中央公論社の『日本の名著』の一冊に加えられた。司馬はこの旅に、それを持参していたのである。

八戸での最初の夜、ホテルの狭い部屋にもどってから、この奇妙な独断家の思想書を読んだ。私はことしで四十八歳になってしまったから、他人のドグマに感動するというほどの初々しさはなくなっている。昌益には怪奇な土俗神像を仰ぐような感じでの無気味さがある。しかし単に変な人にすぎないと言いすててしまってもかまわないような幼稚さもある。さらにひるがえっていえばそういう幼稚さこそ独創者の栄光であるともいえる。（「安藤昌益のこと」）

昌益のラディカルさに煽（あお）られたように、司馬の筆致がまた、思いがけず過激の度合いを強めてゆくことにそそられる。もはや他人のドグマには感動しないと前置きしながら、激しく揺さぶられている。奇妙な独断家、怪奇な土俗神像を仰ぐような無気味さ、変な人、幼稚さ……。このあとに、唐突に挿入された一文はどうか。「たとえばただの恋愛よりも近親相姦のほうがはるかに思想的だという立場が成り立つとすれば、それは安藤昌益の思想のきらびやかさに似ている」とみえる。わたしはそこで、一瞬だけ、立ちすくんだ。なんという跳躍か。それから、以下に続く、どこか司馬遼太郎らしくない一節を、戸惑いとともに読んだ。

兄がごく手近の女である妹を犯す。妹と他の女とは生理的に異るところがすこしもない。である以上、恋愛という、金と手間とひまのかかるしごとはむしろ余計事で、さらにつきすすんでいえば、恋愛という現象から刃傷沙汰などがうまれたりすることがしばしばであり、それからみれば恋愛こそ人倫の邪道であり、兄妹姦こそ人倫の大道である、と説けば堂々たる思想になりうる。

その兄妹姦もこそこそやるのはよろしくなく、白昼、衆人のなかででもおこなうべきで、その行為を覆ったり恥ずかしがったりするのは虚飾というべきであり、虚飾こそ悪徳で、そこからすべて人間の不幸や人間社会の不合理がうまれるのである、と説けばより思想的である。さらにいえばその性交には感動があってはいけない、感動はそれを利用する政治的悪徳者や経済的悪徳者、さらには芸術的徒食者を生む、性交はひたすらに子を産む所作にのみとどめよ、行為以外に余念を生ずべからず、余念がすべての社会悪を生む、といえば堂々たる思想である。

念を押すようだが、安藤昌益はあくまでも政治と社会の根源を洞察して原始農耕社会にかれのいう自然を見出し、農本的共産主義を理想とした思想家であって、兄妹姦こそ理想社会をつくるための理想的男女結合であると説いた人物ではない。しかし多くの思想が、一つの真実を持ちあげるために無数のうそを構築しなければならないという点では、似たようなものである。

ここから、なにを読み取ればいいのか。ひとつはあきらかに、司馬のなかに思想というものにたいする根源的な不信があった、ということだ。思想はひとつの現実を称揚するために、無数のウソを構築する。ここにいう思想はいったい、ドグマやイデオロギーとどのように同じで、どのようにちがうのか。正義を掲げる者たちへの不信もまた、あきらかに司馬のなかに根強く見いだされるものだ。それにしても、昌益が「兄妹姦こそ理想社会をつくるための理想的男女結合であると説いた人物」ではないにもかかわらず、司馬はなぜ、これほど長々と、ただの恋愛よりも近親相姦のほうが思想的である、というドグマに寄り添ってみせたのか。あきらかに、ここでの司馬は苛立ちにまみれている。昌益の思想とのあいだに、適度な距離を取りかねている気配が感じられる。

司馬の前に転がっていたのは、たとえば、昌益がくりかえし語ったこんな言葉であった。司馬の要約的な引用である。

穀物の精が男女に成る。天地にはじめて生じた男女は夫婦であって、この夫婦のあいだにできた兄妹はつぎの夫婦になる。以後人倫は無限につづく。だから兄妹が夫婦になっても恥ではなく、人の道である。ただ他人の妻と交わったり、夫以外の男と交わったりするのは鳥獣虫魚のしわざで、大いに恥ずべきである。

たしかに独特ではあった。ふと、『古事記』の国生み神話に登場するイザナキ・イザナミが兄妹にして、はじめて性交によって、次々と万物をこの世に誕生させたことなどを思いだす。世界中に分布する洪水伝説のなかでは、生き残った兄妹が結婚することによって、人間や世界が生まれてくる。しかし、それをいきなり、婚姻外の異性との性交よりも、兄妹のあいだの近親相姦のほうが人倫としては正しいなどと、思想の根拠にするわけにはいかない。司馬はあきらかに、昌益のラディカルな修辞学にたいして、どのように対峙すればいいのか、答えを探しあぐねていたのである。

ともあれ、昌益の思想のエッセンスについて、司馬が語るところに耳を傾けてみよう。——昌益は「直耕」という術語を発明して、みずからの教義の中心に置いた。そうして、みずから農具をとって「直耕」する者たちと、その行為以外はなにものも認めなかった。大悪大罪とは、それら直耕者に寄生食する行為や階級のことである。また聖人は泥棒のはじまりであり、諸悪の根源であり、武士や商人や工匠らはみな、けしからぬ泥棒であるとみなされた。したがって、理想の社会とは、直耕者以外にはいかなる支配者も寄生者もいない社会のことであり、昌益はそうした社会を「自然世」と呼んだのである。

まさに、はるかな原始農耕社会に「自然」が見いだされ、階級も身分もない、「直耕」する者たちだけの農本的共産主義社会が理想として掲げられたのではなかったか。みずから汗して耕す者が搾取され、支配されるという、たしかに不当ではある現実に絞りこむために、数も知れぬウソが動員された、ということか。たとえば、釈迦は直耕者に慈悲をすすめ、慈悲をすすめる僧という徒食の集団をつくり、そのために慈悲は罪悪と乱世のもとになった、という。この苛烈なアジテーションはやはり、かぎりなく修辞的な、ときには思想的なウソを抱えこんでいるというべきかもしれない。

幕藩体制のまっただ中であったことを想い起こさねばならない。昌益には、八戸城下に心を許した弟子がすくなからずいたらしい。孤立のなかに、隠密の思想として沈められていたわけではなかった。司馬はいう、これほどの危険思想をひそかに門人たちに伝授した昌益の凄みもさることながら、「それをいっさい洩らさず、昌益という存在を珠玉のようにしておおぜいの掌で包んでいた八戸人の命がけの人情や気骨」もまた、近世日本のほかのどの地方にもなかった凄みである、と。卓見である。

八戸という町の凄みに眼を凝らさねばなるまい。昌益をこのような稀有なる独創的思想家に仕立てあげたのは、八戸という土地そのものではなかったか。そこには、「聖人も将軍も大名も武士も商人もみな泥棒ではないか、という痛烈な思想」が、ひそかな共感とリアリティをもって受容されるような社会状況が広がっていたということか。いや、冷ややかにいっておけば、八戸の町がどれほど苛酷な搾取と支配の巷(ちまた)であったとしても、安藤昌益のような独創的な思想を生んだ理由になるはずはない。それはどこまでも一個の奇跡である。あらためて、昌益は秋田紀行のなかに召還されることだろう。

南方憧憬となつかしい移民史が交わるとき

司馬の稲作中心史観にたいする批判が噴出したのが、「陸奥のみち」の旅、つまりもっとも稲作から遠い風土を抱いた南部の地においてであったのは、偶然ではない。司馬は久慈街道沿いの景観にたいして、眼を凝らしている。とても繊細な観察である。

高山彦九郎(ひこくろう)が歩いた道だった。その日記を思い浮かべる。そこには飢餓にまつわる口碑が数も知れず転がっていた。いま、司馬の前には、丘と雑木林だけが景観をつくる台地がどこまでも続いている。その明るさは雑木林と空の大きさのゆえだ。西日本的な常緑樹はほとんどない。鬱蒼と茂る森ではない。白樺が多い。丘の斜面を焼いて、ヒエやアワを播く。焼畑農耕だ。地味が痩せると放棄する。そこにいっせいに白樺が生えてくる。小南部の小さな農民たちはそうして、そこに生き死にを重ねてきた。台地を降りてゆくと、急に景色が変わる。

水田の段丘がひらける。叢林に包まれた農家があり、いかにも古くからの水田耕作民の里らしく、景色がこまやかだ。中世のころには、このあたりが日本列島における稲作の北限の地ではなかったたか。

こうして司馬のまなざしは、たしかに南部の景観の底に横たえられた常民史のかけらだけは捕捉してみせた。久慈街道をゆく司馬は、「コメに執着し、稲作を中心に文化意識をつくりあげ、ついには稲作をめぐって階級身分までつくりあげた日本人のこのふしぎさ」を、くりかえし反芻していたのである。このあとで触れる柳田国男などは、まさに同じ街道を歩きながら、ヒエの田んぼや焼畑に眼を留めることがなかった。それはたぶん、柳田その人が稲に縛られた民俗学者であったことと無縁ではあるまい。

さて、南部の運命である。司馬によれば、上代には、弥生式の水田農業そのものが「王化」の象徴だった。鎌倉期になると、それは武士の象徴になった。関東平野を自力でひらいた開墾地主が武士を称したのである。この「水田主義」は徳川幕府でも変わらない。大名や武士の権威を、水稲の収穫高すなわち石高で数量化したのである。南部はしかし、水の条件もわるく寒冷地であり、もとは南方植物である水稲の耕作には不適な土地だった。中世までは、奥州の高原は名馬を産出した。近世に入ると、戦乱がなくなり、馬の需要は激減し、奥州の経済は打撃を受けた。優駿牧畜はいわば軍需産業だったのである。食肉の習慣はいまだなく、それが南部の運命に影を落とすことになる。「南部だけは牛肉を食う」といった宣言はありえたか。日本人はいつだって均質化を欲する。弥生式水田農業が「いまなお神として遺っている」世界では、それにしたがうほかなく、南部は悲劇を強いられることになった、という。不意に、このとき安藤昌益が呼び返される。

安藤昌益が、

「自分自身で耕せ。租税をはらうな。租税をとる殿様も百姓になれ。僧も儒者も商人も工人もその位置や業をすてて直耕の百姓になれ」

といったが、しかし昌益のこのすばらしい思想も、水稲を基礎にしている点で弱かった。冷害のたびに飢餓がくるという点にはかわりないのである。

もっとも昌益は稲作以外に人間が生命を維持する方法を知らなかったのだからむりはない。（「穀神の文化」）

司馬による安藤昌益論の、とりあえずの結論といったところか。昌益はきわめてラディカルに、当時の社会状況に向けての批判に根ざした、「直耕」する者たちのユートピアを構想してみせた。しかし、そこには決定的なアキレス腱があった。むろん、それが稲作一元論的な思想であり、南部の風土がそれを支えてくれる条件は稀薄だった、ということだ。ヒエやアワなどを焼畑で栽培し、雑穀を常食とする暮らしが広がっていた南部、八戸という土地に、稲作一元論的なユートピア思想が産み落とされたことは、ほとんど異形にして残酷なる逆説であったのかもしれない。司馬のまなざしはそこに届いた、突き刺さっていたかと思う。
そういえば、近世にくりかえされた東北の飢饉の大きな原因が、ほかならぬ弥生式水田農耕にあることを、司馬はくりかえし指摘していた。この農業は西日本においては、多数の人口を養ううえできわめて優越したものであった。そのために、日本人は歴史的に「コメに甘え」、稲作を中心とした社会と宗教とモラルをつくりあげ、それをそのままに、「水田耕作には不適地の東北にまで及ぼした」のである。南部はこの甘えに復讐された、そう、司馬は書いている。安藤昌益はたとえば、この復讐劇にたいして叛旗をひるがえさねばならなかったが、甘えを自覚して裏返しにする地点にまで思想の切っ先を伸ばすことは、ついにできなかった、ということか。あらためて昌益に触れるときが訪れる。

*

飛行機が南部の上空にいたったとき、「ただいま遠野の上空でございます」という機内放送がわざわざおこなわれたらしい。それに釣られて、乗客の何人かが窓から見えない下界を眺めた。そのとき、『遠野物語』の力に拠るものかもしれない、と司馬は感じた。「陸中の海」の章であった。そこに当然のごとく、柳田国男の名前がみえる。柳田がまさしく、稲と常民と祖霊をいただく民俗学の創始者であったことを思い起こさねばならない。

その柳田の名前がふたたび登場してくるのは、「久慈」という章のおわり近くであった。この旅にはじつは、すぐれた案内人がいた。郷土史家の西村嘉氏である。土地の権威を同行者とした旅ゆえに、細部が豊かなふくらみを感じさせるのかもしれない。その西村氏が若いころ、民俗学に熱中して柳田国男にもしばしば会っていたのである。久慈から八戸への帰りは、陸中海岸に沿った古い道をたどることにした。土地ではミナト街道という。車のなかで、司馬は地図を眺めながら、浜街道という活字を見つけた。八戸では浜街道、久慈ではミナト街道と呼ばれているのである。

この海沿いの古い街道は、柳田が明治末年に歩いていた。旅慣れしていたはずの柳田が、淋しさのあまり「一人来るんじゃなかった」と後悔したという街道である。いまもそのままの景観だ、という。柳田はわらじ掛けだった。むろん、徒歩である。ほかに交通手段はなかった。まわりの景色が雄大すぎて、歩いている自分は小さい。空が広く、景色がすこしも去来しない。柳田が後悔した気持ちがわかりそうな気がした、と司馬は書いた（「鮫の宿」）。

それから、下り坂になると、急に右手に海が見えた、浜辺であった。「小子内浜です」と、西村がいう。浜には、漁をするらしい家々があった。

あんまり草臥れた、もう泊らうでは無いかと、小子内（ヲコナイ）の漁村に只一軒有る宿屋の、清光館と称しながら西の丘に面して、僅かに四枚の障子を立てた二階に上り込むと、果して古く且つ黒い家だつたが、若い亭主と母と女房の、親切は予想以上であつた。先づ息を切らせて拭掃除をしてくれる。今夜は初めて還る仏様も有るらしいのに、頻りに吾々（われわれ）に食はす魚の無いことばかりを歎息して居る。さう気を揉まれては却つて困ると言つて、ごろりと囲炉裏の方を枕に、臂（ひじ）を曲げて寝転ぶと、外は蝙蝠も飛ばない静かな黄昏（たそがれ）である。

柳田の紀行の一節である。司馬による「陸奥のみち」の旅のおよそ半世紀前のことだ。大正九（一九二〇）年、柳田は三陸海岸を北上する旅をおこなった。その紀行は「豆手帖から」と題され、『雪国の春』（昭和三年）という著作に収められている。引用してみたのは、柳田が小子内浜にやっとのことでたどり着き、清光館という宿に入った場面である。明治末年の旅ではない、一人旅でもなかった。旧盆の月夜の浜辺では、夜通し、太鼓も笛もない盆踊りがおこなわれていた。ところが、柳田が六年後に、ここを再訪したときには、清光館は跡形もなく、石垣ばかりになっていたのである。宿の亭主は暴風雨の日に沖に出ていて、とうとう帰らなかった。残された家族は離散し、清光館は没落したらしい。「清光館哀史」（大正十五年）というエッセイに経緯が物語られている。念のために、清光館は津波に流されたわけではない。それは司馬の記憶ちがいであった。

じつは、わたしが柳田を思い浮かべたのは、はるか手前の「久慈」の章の前半であった。ほんのわずかな隔たりでありながら、久慈と八戸とでは大きく景観が異なっていることに、司馬は気づいた。西村はそれにたいして、「八戸は火山灰地で、久慈は古生層ですから」と答えた。古生層の久慈まで来ると、「南方へ来た」と感じるのだという。司馬はそのとき、津軽出身の知り合いが、仙台平野のあちこちに竹藪が繁っているのを見て、「南方へ来た」という強烈な印象を受けたと話していたことを思いだした。北方の自然環境のつらさが「南方へのあこがれ」になり、それが古生層や竹に象徴されている、そう、司馬は小さな仮説を提示したのである。

このあたりに、馬鹿のひとつおぼえのように稲作のみをもって人口を養う手段とし、稲作のみを基盤に社会をきずき、宗教や文化、というより歴史そのものをごく単純につくりあげてきたこの民族のえもいえぬ機微がある。日本の東北地方よりずっと地球の北へ片寄っている北欧諸国には、このようなかたちの（いわば心情の基底に）南方憧憬が存在しているのだろうか。……日本人は稲という南方植物をむかし九州で植え、順次耕作民が北進して、ついに津軽や南部にいたった。稲は北方においてはきわめてきわどい植物で、つねにひとびとは天候が稲を冷やすことをおそれ、これが餓死につながるおそれになり、そのきわどさや怖れやらがながい歴史の時間のなかで蓄積して、ついに日本の北方居住者の心情の底に溜まっている何かをつくりあげたといえなくはない。偶然なのかどうか、竹はイネ科の植物なのである。

ここにいたったとき、わたしは柳田の『雪国の春』を思い浮かべずにはいられなかった。そこには、先の「豆手帖から」と題された紀行も収められているのだが、ほかにもたいせつな論考がいくつか収められていた。たとえば、「真澄遊覧記を読む」という論考には、菅江真澄の残した日記を手がかりにして、下北半島の軒まで届くほどに深い雪の下で稲の信仰や祭りを守りつづけてきた、まさに北の常民たちの姿が、ノスタルジーとともに描かれていた。あるいは、「雪国の春」という論考には、「稲はもと熱帯野生の草である。これを瑞穂の国に運び入れたのが、すでに大いなる意思の力であった。いわんや軒に届くほどの深い雪の中でも、なお引続いてその成熟を念じていたのである」とみえる。いま北日本に暮らす兄弟たちは、かつて稲の習俗を携えて北へ北へと移り住んできた人々の末裔である。そこに「中世のなつかしい移民史」が見え隠れしている、と柳田は考えていたらしい。

司馬が語った「南方憧憬」という言葉は、わたしのなかでは、柳田の思い描いた「中世のなつかしい移民史」と表裏なすもののように感じられる。司馬が古代以来の、稲の民の北への移民史を語っていたことを思いだすのもいい。それにしても、司馬はあきらかに稲作中心史観への批判者であった。それゆえに、瑞穂の国の民俗学を創った柳田にたいする批判は避けがたいテーマとなったはずだ。残念ながら、わたしはそのあたりを具体的には確認していない。

さて、この岩手紀行のおわりには、司馬のこんな呟きの言葉を書き留めておくことにしよう。野辺地を過ぎて、陸奥湾に面した浜辺近くであった。司馬はここでも、弥生史観へのラディカルな批判の人であった。

この光景をさびしいとか際涯(さいはて)とかと感ずる感覚は、われわれが二千年という長期間、弥生式水田農耕という暖地生産ですごしてきたことからきた百姓式の感覚であるにちがいない。もしフィンランド人やハンガリー人がこの大地を最初に発見したとすれば、かれらはこの大空間に放牧することを考えて狂喜したであろう。フィンランド人もハンガリー人も、いまは混血で紅毛碧眼になっているとはいえ、かつてはわれわれと近似したアジア人に属していた。かれらはヨーロッパの寒地に住みつき、牧畜と畑農業と森林で生活してこんにちにいたっているが、もしかれらが北欧の地に水稲を植えればかれらはおそらく餓死し、こんにち国家をつくるだけの人口を残さなかったにちがいない。

（「野辺地湾」）

岩手の地は、「蜜と乳の流れる山河」になっていたかもしれない、という司馬が抱いた妄想めいた呟きを思い返してみるのもいい。司馬はひたすら、稲作中心史観の呪縛がほどかれることを願っていたのである。司馬遼太郎はこのとき、柳田国男のはるかな対極にいたのだ、と思う。

第二章　羽州街道——山形県内陸部

発想の足場を変えてこの問題を考えると、他の藩領（むら）がどんなに惨憺たる状態であってもそれは別世界のことであるというのが、さきにのべた日本の稲作事情の上に成立した精密な日本封建制の特徴であるといえる。（「最上川」）

その城下町には江戸時代の闇が残っていた

それは司馬遼太郎にとって、はじめての山形への旅であった。「羽州街道」（一九七六年連載）と名づけられた紀行は、どこか印象が淡く陽炎（かげろう）のように揺れている。山形空港に降り立つと、空港ビルでラーメンを食べた。とりあえず、行くあてはなかった。持参の地図を広げてみる。

南北に羽州街道という古い官道が、空港のある東根市を串刺しにしている。いまは国道十三号である。南へ下ってゆくと、天童・山形・上山・米沢と、古い城下町が珠をつらねたように街道沿いに並んでいる。宿だけは米沢の奥の小野川温泉と決まっているので、この旅の初日はそこに向けて、縦一列の珠をたどるように南下することになる。

そういえば、「羽州街道」の後半にいたって、「私も、いつも画伯との旅の常で、あてというものは設けていない」という呟きが書きつけられてあった。人の所為にしてはいけない。すべては司馬自身のはからいである。偶然に身をまかせ、流されることもふくめて。この紀行には、とりわけ地図を広げて思案する司馬の姿があちこちに見いだされる。事前の調べがほとんどなされていない、ほんとうにアテのない旅であったのかもしれない。だからこそ、「私はこの小さな旅行を終えてから、家で紅花のことを調べてみた」、「帰宅してから物の本で調べてみると」、あるいは「私の手もとにある赤松の全国の分布図を見ると」など、紀行をふくらますために旅のあとに資料漁りをした気配が濃厚なのだ。

それよりも、ふと思う。司馬はきっと、庄内に足を踏み入れることを避けたのではなかったか、と。そこには内陸部よりもはるかに起伏に富んだ、歴史文化の風土が広がっている。司馬が関心をもっていなかったはずがない。のちの「秋田県散歩」のなかに、庄内という地名が唐突に姿を見せる。この旅のときにも、目的地選びに迷ったのである。

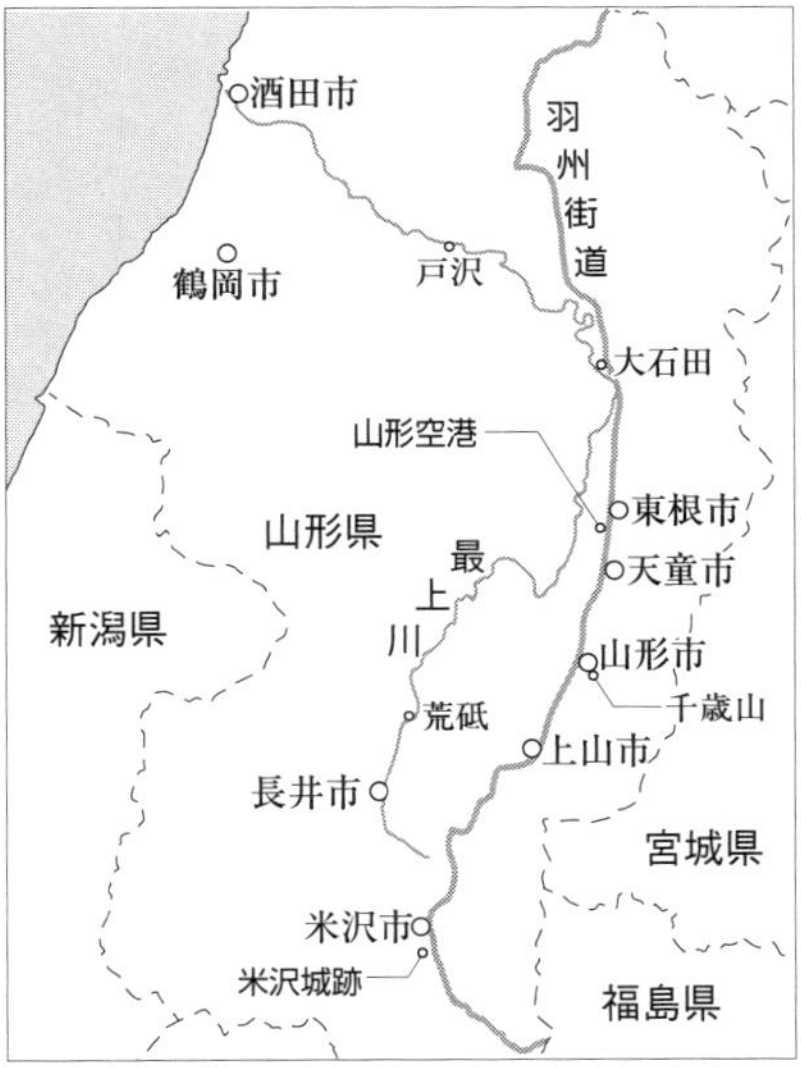

どこへゆくべきかと地図をひろげてみたが、なかなか心が決まらない。

ただ、気になる土地がある。

庄内である。

都市の名でいえば、鶴岡市と酒田市になる。旧藩でいえば庄内藩（酒井家十七万石）の領域である。ここは、他の山形県とも、東北一般とも、気風や文化を異にしている。

庄内は東北だったろうか、ときに考えこんでしまうことがある。

最上川の沖積平野がひろいというだけでなく、さらには対馬暖流のために温暖であるというだけではなく、文化や経済の上で重要な江戸期の日本海交易のために、上方文化の浸透度が高かった。その上、有力な譜代藩であるため江戸文化を精密にうけている上に、東北特有の封建身分制の意識もつよい。

いわば上方、江戸、東北という三つの潮目になるというめずらしい場所だけに、人智の点だけでいっても、その発達がきわだっている。

この『街道をゆく』を書きはじめたときから、庄内へゆくことを考えていた。が、自分の不勉強におびえて、いまだに果たせずにいる。

やはり、庄内はめざすべき土地だったのである。おそらく、藤沢周平の存在が大きかったのではないか。「不勉強におびえて」といった言葉には、どこか奇異の感を拭えない。司馬らしくない、といってもいい。たしかに、藤沢周平の地元、いわば縄張りのような世界にうかつに足を踏み入れて、知らぬ顔で庄内紀行を書くわけにはいかない。この「羽州街道」一編が、どこか迂回の産物に見えてしまうのは、そうした司馬その人の逡巡が透けて見えるからかもしれない。司馬によって語られる、「上方、江戸、東北という三つの潮目になるというめずらしい場所」としての庄内の姿は、藤沢の描く庄内とは大きく異なっていたにちがいない。

*

はじまりの章「山寺」の冒頭に近く、最上川にまつわる記憶を反芻している場面がある。山形への旅ははじめてのはずだった。ところが、司馬には最上川を一度見た記憶があるのだ、という。その記憶が正確であるならば、山形県内を一度はかすめ過ぎたことになるが、地図を広げていろんな地名をたどりつつ、記憶の空白部分を刺激してみる。しかし、どの地名も知識として知っているだけで、経験の抜け殻として残るはずの現場での気分がどうしても再現されないのだ、という。

そのくせ、晴れた日の下の山峡をくろぐろとして流れる最上川の色も速さも記憶している。私はテレビを見る習慣がないから、テレビの映像が経験の中にまぎれこんでくることはまず無い。ひょっとすると、その情景は夢であったかもしれず、もしそうなら、芭蕉の句によって結像された擬似的な経験にちがいなく、そうであるとすれば、

五月雨(さみだれ)をあつめて早し最上川

という『おくのほそ道』の中の句は、まことに玄妙な力をもっているといわざるを得ない。

ともかくも、最上川をうつつの中で一見したかった。

そうして、最上川を見るために山形県まで来たようなものでありながら、紀行のなかにこの川が登場するのは、はるか後半にいたってからである。羽州街道に沿って上下しているかぎり、西方の最上川と交叉することはない。迂回して、米沢から長井へのルートを取ることで、ようやく最上川にたどり着いた。荒砥(あらと)というところで車を降りて、堤のうえに登った。大地

の岩盤をノミで削りこんだようにして、川が流れている。流れは速い。その姿はたんなる風景といったものではなく、「人格というほかない大きな気魄」を感じさせる、と司馬は書いた。ようやく最上川をうつつで一見したのである。

芭蕉がこの最上川を俳句にして以来、多くの文人墨客がこの川を見るために訪ねた。病身の正岡子規も、ここまできた。もっとも平明なリアリズムを提唱したかれにすれば芭蕉の最上川の句はたくみがあるとして嫌い、かれ自身は、「ずんずんと夏を流すや最上川」という句を作った。たくみがあるといえばこの子規の句もそうである。しかしながら最上川の人格的威容というものを句にしようと思えば、結局、平明な写実では及ばず、すぐれたたくみを埋伏せねば表現しがたいというものかもしれない。子規の場合は目の位置を低くし、寝そべったような視点からたくみ、芭蕉はみずからを詩的漂泊者として設定しているために——いわば自己を作っているために——屹立した目の高さで川に対（むか）っているというちがいがあるように思える。（「最上川」）

避けがたいことなのかもしれない。芭蕉の俳句がもつ強度は、いかにもけたはずれである。ひとたび、その句をそらんじた者はみな、その呪縛を離れて最上川に向かい合うことは、きっと至難の業となる。「まことに玄妙な力をもっている」というほかない。いや、そもそも司馬には、呪縛を離れるといった志向はない。『街道をゆく』の旅はあきらかに、すくなくとも東北を舞台としたときには、もうひとつの歌枕の旅なのである。芭蕉と正岡子規という、巨大にすぎる詩人の残した句を前にして、思いを巡らしている司馬はとても幸福そうだ。現実にそこに横たわる最上川それ自体は、すでに姿を没しているのかもしれない。荒砥で見る最上川はおそらく、芭蕉が「五月雨をあつめて早し最上川」という句を詠んだ、荒砥からはかなり下った大石田や戸沢付近で見る最上川とは、ずいぶんと印象が異なっているはずだ。

それにしても、ここには斎藤茂吉の歌が呼び返されていない。そのことに、わたしはより深く関心をそそられる。茂吉の、ほとんど暗渠（あんきょ）のような不在。いや、名前はわずかに登場するのである。上山に宿泊さえしているのだ。上山は茂吉の生地である。しかし、ついに司馬が茂吉の生家の残る村を訪れることはなかった。じつにそっけなく、司馬は三カ所で茂吉の名前を思いだしている。そのままに引いてみる。

・上山は、江戸期にはふつう上ノ山とか、上の山と書かれることが多く、ともかくも仮名が入る地名ということで私にはめずらしかった。斎藤茂吉の生地である。

（「狐越から上ノ山へ」）

・「どこか、見物にいらっしゃいますか」

と、その中年の女中さんは親切にきいてくれた。この土地に沢庵も流されてきていらっしゃいますし、斎藤茂吉の生地もここでございます、と教えてくれた。

茂吉の生地は、金瓶(かなかめ)村である。地図でみると、上山の市街地から北のほうである。山形市へゆく道筋にあたっている。私はすぐ山形市へゆくつもりだったから、茂吉の村は遠望するだけにとどめようと思った。(「山形の街路」)

・途中、地図と景色を照合しながら茂吉の金瓶村があらわれ出てくるのを待っていたが、須田画伯と話をしているうちに、忘れてしまった。(同上)

これだけであり、以上でも以下でもない。あきらかに冷淡であった。すくなくとも敬意といったものはかけらも認められない。山形市へゆく道筋であることを確認したうえで、遠望するだけに留めようと決めた、そして、遠望すらせずにかたわらを通り過ぎた、話をしているうちに忘れてしまった、という。関心そのものがなかったのか。触れたくなかったのではないか。そうかもしれない。いや、それにしては、自分が茂吉にたいして関心も思い入れもないことだけは、はっきりと刻みつけるような書き方であった。その意志はひそかにあったのかもしれない。たしかに、土地の権威に案内を乞えば、まちがいなく金瓶村の生家のあたりに連れていかれて、長々と講釈を聞かされる羽目になったことだろう。司馬はそれを嫌った。土地の人たちが望む物語につき合うつもりはない。

いや、それにしても、陰画のごとくに、なにものかが浮かびあがる気配がある。茂吉ばかりではなかった。司馬の東北紀行には、石川啄木や宮沢賢治のいない東北が描かれていたのだ。はたして、かれらはどこかで名前くらいは言及されていたか。かろうじて太宰治だけは、『津軽』とともに登場する。例外的な存在だった。土地の人、土地の作家はあくまで不在なのである。それにたいして、おびただしい数の東北の外からのマレビトたちの紀行や文章が引かれて、司馬はかれらとの対話を生き生きと楽しんでいる。この非対称性はきわだっている。あらためて、司馬の東北紀行のなかに見え隠れしている、歌枕の旅という側面に光を当てるときがやって来るだろう。

*

たとえば、司馬の紀行のなかで、こんな叙述に触れたとき、わたしはとても満ち足りた気持ちになる。

車が米沢に入ったとき、すこしうたたねをしていたらしい。気づいて顔をあげると、街路に灯がすくなく、古い城下町ということでもあるが江戸時代の闇が残っているようでもあった。(「芋煮汁」)

「江戸時代の闇」という。それがどんなものであったか、わたしは知らない。そういう想像を巡らしてみたこともない。しかし、ふと米沢の町の夜を思い浮かべて、そのかすかな城下町の面影の底にうずくまっている闇の深さを想い、あらためて「江戸時代の闇」へと回帰してゆくとき、イマジネーションが心地よく刺激されていることに気づかされる。司馬は続けて、上杉氏の越後以来の歴史をわずかにたどったあとで、「そのふうは、いまなおつづいていると見えて、夜の瞥見ながら、街としての面差しはひどくさびしげだった」と書いた。その風とは米沢藩の節約主義であったか。

「景勝のことなど」の章には、こんな一節があった。

> が、米沢藩の城下町だけは、依然として戦国風のうこぎ垣であるという点が、すさまじい。越後からの転移、それに次ぐ大規模な減封などで、上杉家ほど財政に苦しみつづけた家はない。上杉家を宰領したひとびとの歴代の施政は、極端な節約主義であった。つい、戦国のうこぎ垣が江戸期の米沢にも残り、明治後の米沢にも残り、いまの米沢市にも残って、おかげで米沢の町をゆくと、これがささやかながらこの古い城下町の象徴の一つであるかと思えてくる。

近世の城下町では、どこでも武家屋敷は練り塀をめぐらすほどに贅沢になった。しかし、眼の前には、米沢城下のうこぎ垣が転がっている。その裂け目に、司馬はじっと眼を凝らしている。うこぎは背が低くて、見ばえのしない樹であるという。いわば、うこぎ垣は「美観のためではなく、新芽を摘んで食用にするため」に造られていたのである。米沢藩の飢饉対策などにつながってゆくテーマが、ここにはひっそりと身を横たえている。

封建的な良心と閉鎖主義がいまに尾を引いている

思えば、ひとつの町の景観のなかには、きわめて重層的にそれぞれの時代の相が堆積している。それはしかし、鍛え抜かれた歴史へのまなざしや感受性なしには浮き彫りにされがたいものだ。司馬にはそれに加えて、地域や民族を越えての比較のまなざしがあった。それはとても個性的な歴史へのまなざしである。

この比較という方法にこだわりたい。たとえば、司馬が大きな日本史の輪郭を描こうとするときに、つねに比較の参照枠として選ばれていたのは中国大陸の歴史であった。そのとき司馬の歴史語りが楽しげに躍動する。「最上川」の章に、そんな一節があった。

その前に、まずは稲と東北をめぐるテーマの変奏である。

イネという本来熱帯に自生していた植物が日本列島の九州にもたらされて弥生時代が

はじまるのだが、しだいに東漸して東北まで組織的にたどりつくには四、五百年を要したであろう。圧倒的に東北地方を稲田が蔽うまでに、八、九百年は要したかと思われる。

当時、東北へ入って行った稲というのは明治後に改良された品種ではないだけに、東北は完全な意味での稲作の適地ではなく、何年か一度にやってくる多雨寒冷の夏に見舞われると、壊滅せざるをえない。それでもなお、上代、稲作が東北へ入って行き、その後東北人は千年以上というながい歴史のなかで、作、不作という、自己の才覚や努力ではどう仕様もない天候というものの支配に堪えて来ざるをえなかった。まことに日本史における最大の偉観の一つ——といって華々しさはすこしもないが——と言うべきことかもしれない。

司馬は「陸奥のみち」の紀行のなかで、それを南部という稲作のもっとも不適な風土においてはっきりと確認した。人為を越えた荒ぶる天候に支配されながら、ひたすら忍従を強いられ、それでも稲作に執着するよう仕向けられてきた東北に生きる人々。その姿を、ここでの司馬は「日本史における最大の偉観の一つ」と評してみせた。むろん、華々しさはかけらもないが、やはり「偉観」であるかぎり、それは一定の敬意を払われていたのである。

さて、そのあとの展開がいささか奇想天外でおもしろい。なんの予告もなく、中国と日本の比較を基軸としながら、話がどこへとも知れず転がってゆく。

中国大陸は大地こそ広大だが、しかし面積と可耕地の比率は日本列島のほうが大きい。また天候によって不安定な支配をうけつづけている地域はむろん日本より多く、一面、安定度の高い地域も多いが、それらが大陸の中で斑に入りまじっている。ひとたび大旱魃や大冷害をうけて一地域に食物という食物がなくなると、人々は流民化し食える地域へ流れてゆく。流れてゆく過程において指導者――英雄――を得ると軍隊化し、それら地域ごとの流民軍がそれぞれ英雄をいただき、たがいに戦いあい、ついに天下大乱になり、やがて天命革ルで王朝が交代する。中国では紀元前後から繰りかえされてきた歴史である。

じつは、司馬がここで唐突に繰り広げようとしていたのは「英雄」論であった。大きな自然災害を起点にして、食えない人々の流民化、英雄の出現、天下大乱、革命による王朝交代へと展開してゆく、中国史の基本ラインといったところか。

ところが、日本史の場合には、どうやら事情が大きく異なっている。たとえば、いつの時代であってもいい。東北の飢民が大流民化して関東を襲い、ひとつになって西へ進み、東海・北陸の流民を吸収していよいよふくれあがり、そのうち流民のなかの小英雄がさらに大きな英雄をいただき、ついには畿内になだれこんで新王朝を建てる。これにたいして、九州の流民も連鎖して東上し、新王朝と播州平野あたりで雌雄を決するにいたる。そう、司馬はひとつのシナリオを提示してみせる。しかし、中国史の原理をひき写しにして、そんな光景を思い描こうとしても、リアリティに欠ける。それは一度として、日本史のなかで現実とならなかったシナリオであるからだ。

ここでも、「稲作というものの事情が基底をなしている」と、司馬は指摘する。仮りに岩手県ひとつが大きな流民集団と化したとしても、北隣りの津軽では稲が十分に稔っていて流民とはならず、それぞれの農村に定着している（かもしれない）。それらの人々は藩権力の命令に服しているために、逆に岩手からの流民を討つことになる。また、南隣りの宮城の平野地方や山形の庄内地方なども、東北全体の凶作とはかならずしも歩調をそろえない場合が多い（ともいわれる）。そうして、流民はひとつの地域にかぎられることになり、近隣の食える地帯から押しかえされざるをえない。そう、司馬は推測をめぐらす。

たとえ東北地方の全域が流民化して、それがひとつにまとまり関東平野になだれこんだとしても、関東の天候は東北とはいくらか異なり、十分に稲田は稔っているから、南下軍を押しかえしてしまうにちがいない。たしかに、東北に生まれた巨大な流民の群れが、ついに英雄をいただき軍隊と化して都になだれこみ、あらたな王朝をうち建てるといったシナリオは、この稲作農耕に覆われた日本列島ではありえないだろう。

わたしはふと、西村寿行の『蒼茫の大地、滅ぶ』（一九七八年刊行）という小説を思い浮かべる。「羽州街道」が『週刊朝日』に連載されていたのは一九七六年から翌年にかけてであるから、司馬がそれを読むことはできない。そこには、飛蝗（ひこう）という自然災害を起点にして、戊辰戦争の再現のような戦乱がひき起こされ、ついに東北全土を壊滅状態へと追いやるにいたるプロセスが、執拗に描かれていた。飛蝗に追われた難民たちが、傷つき飢えた流民の群れと化しながら、東京へと押し寄せてゆく。しかし、警察や自衛隊によって首都への侵入を阻止され、流民たちはケガチの大地へと追い返される。ひとりの政治家が、見捨てられた東北の独立を掲げて「英雄」的に起ち上がるが、結局、日本国との戦争に敗れ、東北という蒼茫の大地は滅ぶ。

災害の訪れとともに、植民地と独立、という秘せられたテーマが浮上する。壮大な思考実験であったにちがいない。むしろ、西村寿行こそが、「羽州街道」の一節に触発されて、『蒼茫の大地、滅ぶ』を構想したのかもしれない。ほんの妄想にすぎないが、書き留めておく。ともあれ、稲作に覆われた日本列島においては、けっしてありえないと司馬その人が考えた、大きな自然災害を起点にして、人々の流民化、英雄の出現、天下大乱、革命や独立へと展開してゆくシナリオが、そこには提示されていたのだった。井上ひさしの『吉里吉里人』（一九八一年刊行）もまた、日本国から東北、そのひとつの地域が独立することは可能か、という思考実験の物語であったことを思いだすのもいい。

あらためて、司馬の語るところに耳を傾けねばならない。

要するに不作・凶作の時期でも、稲作の出来ぐあいは、山一つへだてた南麓の村と北麓の村との間でもちがうように、全国が複雑にまだらになっている。鎌倉以後、小地域ごとに領主を立ててその配置が複雑に入りまじっているという精密な封建制が発展して行ったというのも、日本列島という地理的条件下での稲作ということを考えると、そういう基盤が歴史を生んだと思わざるをえない。要するに大流民が他地域へなだれこんでゆく条件がないために、流民が天下の覇権を左右するということもない。

日本列島の全域が水田稲作に均質に覆われているようにみえて、じつは、きわめて多様な地域的条件のなかで、多様な品種や耕作方法が選ばれていた。たとえば、十七世紀後半に会津地方の豪農によって書かれた『会津農書』を読んでみると、その稲作をはじめとする農業経営の繊細さに驚かされる。十種類を越える稲の品種を、田んぼの条件に合わせて選んだうえで、作付けの時期や注意事項まで指定する。どのような天候に見舞われようと、一定の収穫量を確保し、なんとか生き延びるための戦略が、そこには透けて見えるのである。ひとつの農家が、百枚田や千枚田などと呼ばれた小さな区画の田んぼを経営していたのも、リスク分散の知恵であった。そうしたサバイバル戦略を支えた繊細きわまりない知恵や技が忘却されていったのは、とりわけ明治以降、稲作がまったく資本主義によって支配されるようになってからのことだ。司馬はおそらく、そのあたりの事情も押さえていたのである。

ところで、英雄とはなにか。中国史においては、それは流民をかためて食わせる親分のことだ、という。そう、司馬によって言い切られてしまうと、いよいよ中国史を参照枠として日本史を論じることはむずかしいと感じる。司馬はさらにいう、「日本史では中国史や北アジア史、あるいはヨーロッパ史に出てくる英雄というものはついに出ず、出るような条件もなく、その必要も日本的な稲作の地理条件下にはなかった」と。日本史のなかで、「天下」を手に入れ将軍や関白などを名乗った武将たちは、結局のところ、さまざまな勢力の調停者であり、外見は専制権力にみえて、内実はたぶんに盟主的権力に近かった。かれらの「英雄」としての質も規模も、盟主的なレヴェルに留まっていた、そう、司馬は指摘している。

日本史における英雄の不在。そこから、思いがけず、テーマは日本人の精神性が帯びるある傾きへと転じてゆく。

近世の東北では、宝暦や天明などくりかえし飢饉(ケガチ)に見舞われ、多くの藩ではたくさんの餓死者を出し、村を離れて流浪する者たちが群れをなした。ところが、米沢藩では、飢饉にそなえて救荒政策を進めていたために、飢饉が起こっても、藩内からはひとりとして餓死や離散を出さなかった、といわれている。上杉鷹山(ようざん)はすぐれた民政家として知られたのである。

これはしかし、発想の足場を変えると、こんなふうにもみえると、司馬はいう。すなわち、ほかの藩領(むら)がどんなに惨憺たる状況であっても、それは別世界のことであるとみなされたのではないか。それこそがまさに、日本の稲作事情のうえに成立した「精密な日本封建制」の特徴なのである。むろん、米沢藩や鷹山の罪ではない。藩権力の領民にたいする誠意のある政治は、すべてをみずからの藩のなかに留めることを絶対的な原則とした。それが封建制による絶対要請でもあった。こうした「封建的な良心と閉鎖主義」は、今日にいたるまで尾を引いているのではないか、という。

司馬によれば、稲作には不利な東北諸藩からは、すぐれた経世家は出たが、その思考はほとんどが藩内に留まっていた。「農民とは自藩の農民のことであり、世に普遍している農民一般のことではなく」、また、「その思想も人間一般にまでひろがるということはなかった」のだ。とてもたいせつな指摘ではなかったか。そこには、普遍的な人間についての思想が誕生するための社会的な条件が欠けていたのである。

わずかな例外としては、南部八戸の独創的な思想家・安藤昌益が浮かぶくらいのものだ。これも昌益が藩士ではなく町医だったために、かろうじてその独創性が担保されたのかもしれない。中国史とは異なり、大きな流民の群れが巨大な軍事力となり、ついに絶対権力を産み落とすといった歴史転換のシナリオとは無縁であった、明治以前の日本史は、一見よさそうにも思われる。しかし、あの「封建的な良心と閉鎖主義」に覆われた近世封建制のもとでは、人類普遍の大思想といったものは生まれにくかっただろう。そのことはまた、今日のわれわれの精神の仕組みのどこかに影を落としているにちがいない。そう、司馬は述べている。

とても魅力的な歴史語りである。飢饉から生まれる流民、英雄と盟主（——その本質は調停者であった）のちがい、稲作農耕の影、ローカルな経世家と普遍的な思想家の隔たり。どこかアクロバティックな、夢うつつのあわいに繰り広げられる妄想のような叙述であったかもしれない。『街道をゆく』を読む快楽のひとつは、確実に、こうした司馬遼太郎その人の歴史語りに夢うつつで身をゆだね、どこに運ばれてゆくのかもわからずに、気がつくと思いがけぬ場所に連れだされていた、といったささやかな体験の内に宿されているにちがいない。

＊

ひとりの米沢出身の絵描きとの偶然の出会いから、いわば都鄙（とひ）論が展開されることになる。その人は「私は米沢なんです」といった。在郷の郷士村の出身であったか。「差別という点では変に滑稽な土地です、城下から離れれば離れるほどばかにするのです」と、笑いながらいう。そして、「それが、米沢からちょっと離れた郊外というだけでばかにするんです」と、下腹をゆすって笑った。それを聞いて、司馬はこんなことを考える。

封建時代は差別によって秩序が保たれていたが、それとは別に、封建以前から、日本には都鄙の差別というのが基本としてある。古来、日本ほど首都の居住者を貴（たか）しとし、田舎をばかにしてきた国はない。平安期は鄙（ひな）といえば一概に卑しく、江戸期の場合、江戸からみての田舎者は野暮の骨頂とされた。世界にも類のなさそうな文化意識といっていい。（山形の街路）

許せない、気に入らない、納得できない、いずれであるのかないのかは、よくわからない。ただ、このとき、司馬の頭蓋の内なるどこかで、スイッチが入った気配を感じることはできる。米沢の絵描きの言葉が引き金になった。その人は、笑いながらしゃべった。笑うしかなかったのだ。笑いの蔭に、怒りや悲しみやあきらめが沈んでいるのが見えたのではなかったか。

この都鄙の差別関係について、司馬はこんなふうに推測する。――城下の侍は、たとえ禄高は低くても、在郷衆より身分が高く、役職につくために大小の権力をもっている。さらには、学問や茶道その他の文化も、城下に集中させて城下の誇りを高くしておく。在郷の者はたとえ田地を多くもっていても、いろいろな意味での浮世の虚飾をもたない、もしくは、もつことを許されないということで、城下から差別される、と。まさに、こうした都鄙の差別というのが、古い時代からの日本人の差別意識の構造の大きな特徴であったことは否定しようがない。それは、いまなお続いている。社会のいたるところに、隠微に、網の目のように張り巡らされているのではないか。

そうした差別意識の祖型は、八世紀前半であったか、奈良の都が唐の長安の都城を何分の一かに縮めて設計・施行されたときから出発している、と司馬はいう。古墳時代的な、地方ごとに農業的な部族国家が並び立つ状況が解消されて、ほんのわずかしか経っていなかった。自給自足の農村だけが存在する、見渡すかぎり田園のみの社会であった。諸国間の流通はいまだ、ほとんど存在しない。経済の側面から都市が成立する必然性はなかったし、その必要もなかった。そういう社会に、縮小設計とはいえ、世界都市である長安を模した都市を出現させたというのは、経済的な現実感覚からいえば、「気が狂ったか」とでもいいたいところだ、と司馬はいう。

その理由のひとつは、「日本」というあたらしい国名を冠した国使が遣唐使として長安にゆくし、国外からも儀礼上の使いが来る、そのときの体面上から都城が必要だったということである。いまひとつは、国内を意識して、「都とは、こういうものだ」と大見得を切ってみせる必要があったということか。庶民の多くはタテアナ住居のような家屋に住んでいたのである。かれらが奈良盆地に出現した平城京の威容を見て、どれほどの衝撃を受けたか、「想像するだけでも胸が痛む思いがする」と、司馬は書いている。このあたりの感受性のあり方には、いたく関心をそそられる。

江戸期は、ある意味では地方都市群の時代であった。しかし幕府の方針として江戸に大名の家族を定住させ、大名そのものについては定期的に国もとへ帰す（大名が定期的に江戸へ参覲するのでなく）という形をとったため、江戸という首都が、欧州の同時代の首都とは異り、あらゆる価値を集中する超首都的機能をもつようになった。

そのことは、日本史上、最大の権力を持った明治政府の東京にひきつがれて、とくに太平洋戦争の敗戦後、すべての国税が地方から吸いあげられて東京に集中し、東京の政府は気が遠くなるほどの金を集散する機能を持っている。巨大な金が首都に集中するためにそれにともなって巨大な人口が集中し、依然として首都は平城京に似て不必要なほどの高位置を占め、鄙は依然として貧乏くさく、いぶせく、地方としての重厚な蓄積を持ち得ずにいる。（花の変化）

とても魅力的な議論である。都鄙のあいだに横たえられた差別の構造の淵源が、八世紀のはじめの奈良の都＝平城京の建設に求められるとともに、それが江戸という首都、そして、明治以降の、戦後の首都・東京へと連なり、より巨大な権能と金を集中させてきたことが指摘されている。それはまさしく、われわれ自身の現在にこそ鋭利に突き刺さってくる問いではなかったか。二〇一〇年代にいたって、急激な人口減少と少子高齢化がやがてもたらすはずの近未来イメージが浸透するにつれて、地方の衰退と切り捨ては避けがたいと観念されつつあるようにみえる。首都・東京への絶対的な一極集中というシナリオにたいして、司馬であれば、いかなる発言をしただろうか。都鄙問題は依然として、いま・ここでこそ問われるべきテーマでありつづけている。

思えば、この「羽州街道」と題された紀行は、「私は東京を知らないために東北についても昏い」という印象的な一行をもって、幕を開けたのだった。司馬は大阪という、大きくはあれ、鄙の、地方の町に生まれ、東京という首都を知らずに育ったのである。都鄙をめぐる差別構造が、東京にすべての権能や金が一極集中されるという、さらに強大な差別のシステムを創りだしている。そうした現実、そして弊害は、大阪ゆえにクリアに認識できるところがあったにちがいない。大阪からすら、「地方としての重厚な蓄積」が根絶やしに奪われようとしている現実は、たしかに異様な事態というべきかもしれない。

山形のそばはたしかにうまい、という。司馬は山形の街もまた気に入ったらしい。山形市は「よく整頓された町で、街路も家屋もビルも、拭き掃除のよくゆきとどいた家に招かれたような気持ちのよさがある」という。そしてまた、「神名備山を、県庁所在地の市がその市心に持っているというのは、例がない」ともみえる。千歳山のことだ。そういえば、わたしはその神が宿りする千歳山の麓に、五、六年間であったか住んでいたのだった。雪がうっすらと降り積もった千歳山を、飽かず眺めたことを、ふっと思いだした。マンションの窓から、定点観測でもするように毎日シャッターを押した日々もあったが、現像することもないままに、フィルムのなかの千歳山はどこへとも知れずに失われた。

第三章　仙台・石巻――宮城県海岸部

私は、近代以前においては、商品経済の有無で、人情から文化までちがったものになってくる、と考えている。商品経済がさかんであればひとびとの思考法も多様になり、発想が単一的でなくなるばかりか、斬新な思想や発明もうまれる。（「沃土の民」）

この藩は沃土のうえに安住して殖産興業をおこたった

やはり、はじまりの一行である、――幸い、大阪から仙台へ直航するＹＳ11の便（全日空）があって、奥州が近くなっている、と。奥州が近くなった、という。距離という問題はよじれている。物理的な距離もあれば、心理的な距離もある。飛行機がやがて距離の意識を激変させる。しかし、「仙台・石巻」の旅がおこなわれた一九八五年には、いまだ大阪と仙台を結ぶ直航便が就航して間もなかったのか。すくなくとも、珍しくはあったのか。ともあれ、司馬の東北紀行においてはまさに、この西国からみちのく世界への物理的／心理的な距離を測ることが、通奏低音をなすテーマであったといっていい。

「仙台・石巻」という紀行は、この飛行機の窓から見た富士山の大写しの姿を枕にして説き起こされていた。甲斐から見る富士はほんとうに端正で美しかった。息を呑む思いだった、と司馬は書いた。それから太宰治の『富嶽百景』に思いをいたし、その太宰が津軽の人であることから、「奥州人がいつ富士を見たか」という奇妙な問いへと転がってゆく。上代以来、奥州の力がすこしずつ成長し、ついには西方をうかがうほどに、圧倒するほどに育ち、爆発して西進し、大挙して「富士を見た」のはいつのころか、ということだ。

司馬によれば、近世の以前に、二度か、三度、奥州は富士を見た。南北朝時代、公卿の北畠顕家（あきいえ）にひきいられた「奥の兵（つわもの）」たちが、富士を見た。足利尊氏が九州で勢力をたくわえ都へと再進出してくるのを阻（はば）むために、顕家は奥州・関東の兵をひきいて西に向かっていた。顕家は二十一歳だった。そして、戦国のおわりに近く、伊達政宗が「奥の兵」をひきいて天下に臨むために、西をめざそうとした。二十四歳であった。しかし、生まれるのが遅れた。秀吉に降参の意思表示をするために小田原に向かった、その道行きに、政宗は迂回した甲斐から富士を見たのである。あとのひとつは、東（あずま）を支配して西方を討った源頼朝であったか。

『太平記』には、顕家の軍勢について、「元来無慚無愧ノ夷共ナレバ」とみえる。京の都の人々は、奥州人についての知識が乏しく、依然として古代の蝦夷くらいの存在だと思っていたのである。それにもかかわらず、日本史は「東方の〝夷〟と西方（九州）の熊襲・隼人など古代によばれたひとびととの壮大な争いの場なのである」と、司馬はまるで念を押すかのように書きつけている。

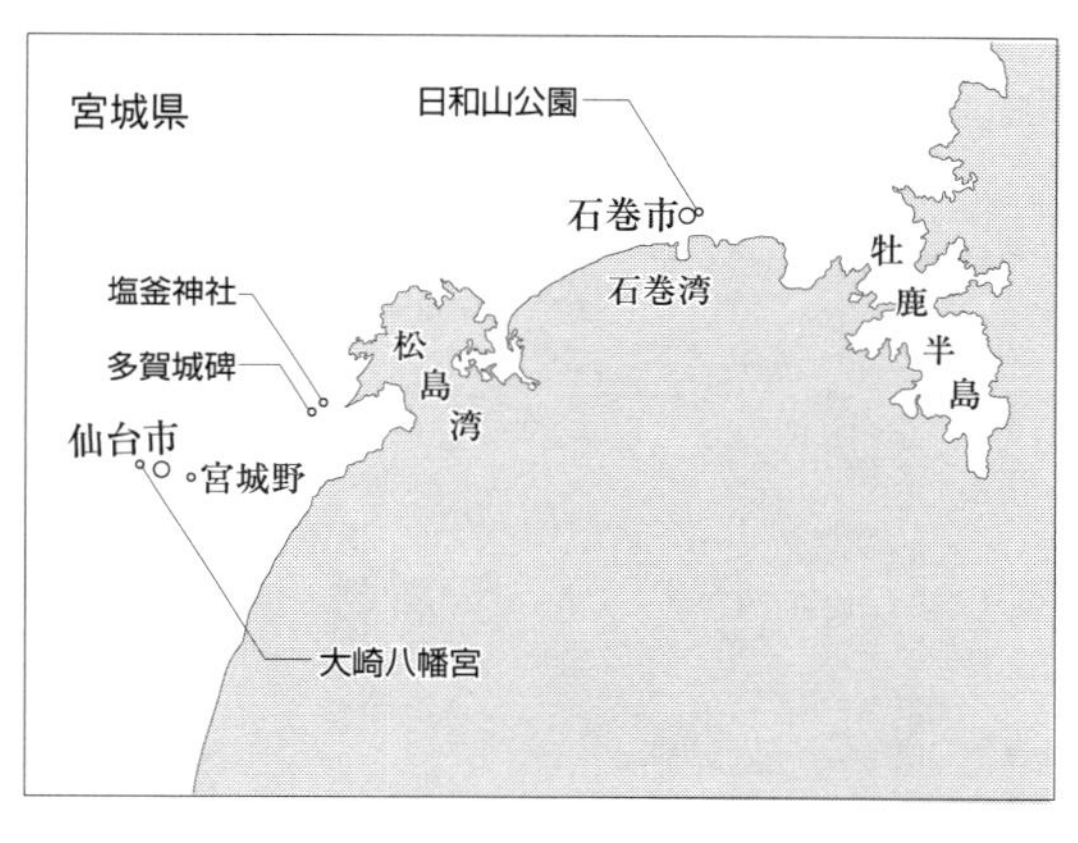

一方、西方のひとびとは、東北の心がわかりにくい。西方世界は、安定と事大主義、それに流行こそ歴史の意思であり正義でもあるとしがちであり、たとえば後世の戊辰戦争における東北諸藩（奥羽越列藩同盟）の抵抗も西方のひとびとには理解しにくかった。

（「富士と政宗」）

たとえば、幕末、長州の吉田松陰が北陸から東北へとたどった旅の紀行、『東北遊日記』のなかに、「東山・北陸は土曠く山嶮しくして、古より英雄割拠し、奸兇巣穴す」とみえる。この紀行は東北論としても興味深いものではあるが、あえて司馬はこの箇所を西国の自己反省のように取りあげたのではなかったか。まるで、千数百年前の『日本書紀』にでも見られたような古めかしい東北観が、松蔭のまなざしのうえにすら尾を引いていた、ということであったか。

*

司馬遼太郎には、あきらかに重商主義への傾きがあった。それゆえに、東北が水田稲作に縛られてきたことに向けての同情に満ちた批判が幾度となく語られることになった。いたく関心をそそられてきた。稲作農耕／商品経済という二元的な構図によって、古代以来の日本史、とりわけ東北の歴史が読みほどかれてゆく場面に、司馬の東北紀行の跡をたどる者はくりかえし、くりかえし遭遇するのである。「弥生式農業」だけが正義であるという不思議な思想こそが、稲を作らぬ人々や地域を差別する拠りどころになってきた。そうした「笑えない歴史」がかたちを変えて、いまも続いている、そう、司馬は「陸奥のみち」という紀行のなかに書いていた。

こうした司馬の重商主義的な立場がもっとも鮮明に示されていたのは、「仙台・石巻」という紀行ではなかったか。その「沃土(よくど)の民」の章には、眼を射るようなこんな言葉が書きつけられてあった。

私は、近代以前においては、商品経済の有無で、人情から文化までちがったものになってくる、と考えている。商品経済がさかんであればひとびとの思考法も多様になり、発想が単一的でなくなるばかりか、斬新な思想や発明もうまれる。

どこか、大阪人のアイデンティティすら賭けたかのような言葉であったか。それが、近世の仙台藩にたいする批判的な留保へと、まっすぐにつながっていたことを忘れてはならない。仙台藩、そして宮城県。この地の近世の原形は、まさしく伊達政宗がつくった。「あとは、遊んでいたのでしょうか」と、同行の編集者が小声でいう。「ふしぎな思いがしますね」と、市政にかかわるひとりの仙台人はいった。仙台藩と加賀藩が比較の庭に召喚される。加賀百万石は、美術工芸や漆器生産などの産業を、近代以降の石川県や金沢の町に残した。そういう基盤が、戦後の地域発展のうえで眼にはみえぬ作動力になっているらしい。ところが、仙台藩はいったいなにを残してくれたのか。市政を愛するがための不満だった。司馬はそれが、一面において旧仙台藩の本質をみごとに見抜いていると感じたのである。

司馬の語るところに、しばらく耳を傾けてみることにしよう。

この大藩の経済活動は単純にすぎた、という。ひたすら米に立脚しつづけたのである。仙台平野はたいへん肥沃な穀倉地帯であった。政宗以来、営々と新田開発を続けてきたから、実高(じつだか)は百万石を越えるといわれていた。江戸にも近かった。その有利さゆえに、仙台藩は余剰米を江戸送りして売ったが、近世半ばにはそれが三十万石にもなった。まさに「巨大な米穀商」とでもいえそうな藩だったのだ。米は本来、「士農工商を養って藩を成立させている基礎」であり、「身分算定の基準」であり、そこには「神聖価値」といったものがつきまとっていた。近世のはじめから、仙台藩はそれを商品にした。先進的な感覚ではあった。しかし、この米ひと筋に盛えたことが逆に、仙台藩の経済観を単純なものにしたという。

　近世も後期になれば、西国大名のあいだでは殖産興業、つまり多様な商品生産の事業が流行のように活発化していったが、この藩は泰然として、米売り一本槍を続けていったのである。鋳物、袴の仙台平（ひら）など、いくらでも商品とすべきものがないわけではなかったが、流通には乗らなかった。仙台平はその美しさで天下に知られたが、あくまで殿様に着せるもの、江戸の将軍への献上品に留まった。そうして各地の機業地で模倣されることになり、みすみす産業化のチャンスを逃したのである。

　司馬はここで、『仙台叢書』という、大正末年から昭和初年に刊行された歴史文化叢書を取りあげている。その別集第二巻には、「仙台物産沿革」という章があって、そこに付された解題のなかに「沃土ノ民ハ材（もち）ヒズ」という言葉がみえるのだ、という。筆者は、山田揆一という、のちに仙台市長として敬愛をあつめた人である。宮城県は物産という点で「頗（すこぶ）る遜色あり」とされ、その理由として、旧藩時代の因習があげられている。制度が他藩に比べて古風すぎ、身分制が強く、物産を開発するよりも藩主以下の調度を供給することに精一杯だった、という。仙台藩はたしかに沃土であった。しかし、それゆえにこそ、「沃土ノ民ハ材ヒズ」(――肥沃な土地の民は使いものにならない)と厳しく評されもしたのである。むろん、ここでも地域への愛ゆえに、あえてなされた辛辣な発言ではあった。

司馬はそれを、「歴世の仙台藩が沃土の上に安住して殖産興業をおこたった」と翻訳してみせる。それほどに沃土だったのだ。それをいっそう沃土たらしめたのは、政宗とその余熱を受けた人々であった。たしかに、米作りだけが近世の初期までは、いわば経世済民の道であったにちがいない。しかし、近世も中期以降になると、幕藩体制は貨幣経済の大波に揺さぶられて、諸藩は殖産興業に向けて大きく動きはじめていたのである。しかし、仙台藩はそれをおこたった。むろん、沃土のゆえに、沃土の民ゆえに。

近世末期になると、藩そのものが、理想としては「武装と企業を組みあわせたような有機体」になろうとしていた。そう、司馬はいう。ところが、伊達家は根の生えた岩のようになっていた。中世的な「藩内藩」はどういう改革も望まなかったのである。近世後期には、この藩からは工藤平助や林子平(しへい)といった他藩にも類を見ない先覚的な経世家、また文明論者があらわれている。しかし、ついに仙台藩は藩として、「近代への開幕のひらき手」とはなりえなかった。沃土の民は社会変革のにない手としては使いものにならなかった、ということだ。「大崎八幡宮」の章であったか、仙台藩は政宗以後、近世をつうじて、「新規については一度も意見統一ができず、幕末においてはこわれた巨大機関車のように身動きとれなかった」と、追撃の一文が書きつけられてあることも忘れるわけにはいかない。

宮城野で南へ、北へのまなざしが交錯する

仙台藩はなにを残してくれたのか、という仙台人の洩らしたモノローグめいた問いを前にして、司馬は「無形の大遺産があるのではないでしょうか」と応じている。さすがに相槌はうちにくい。「形而上的な営みへの畏敬心」といったものをこの街に遺してくれた、ということだ、と司馬自身が注釈をほどこしていた。たしかに、司馬は仙台という街、宮城という地方を批判したり、けなしたかったわけではない。「仙台・石巻」の結びの章のはじまりには、わざわざ、「少年のころから北へのあこがれがつよかった私としては、紀行というよりも、懸想文に近いものだった」と書いている。この紀行が司馬による、ひそかな恋文であったことを記憶の片隅に留めておきたい。

形而上的ないとなみへの畏敬、という。「仙台・石巻」と題された紀行は、このあと、「神々のこと」「宮城野と世々の心」「大崎八幡宮」「千載古人の心」「陸奥一宮」「詩人の儚さ」など、不思議なほどに、形而上的なテーマに傾斜してゆくのである。「神々のこと」の章には、その予告編のように、伊勢参りをする犬まで登場してくる。犬までがどこか形而上的

な存在であったか、人々は首輪にお札をいくつもぶら下げた犬を見かけると、あわてて物を食わせ、大事にした。この伊勢参り犬を追ったり打ったりすれば、大神宮様の罰（ばち）が当たるなどと信じられていたのであった。

さて、「宮城野と世々の心」の章である。冒頭（はじまり）に呼び返されていたのは、忘れがたいひとつの旅の思い出である。「羽州街道」の旅から四年が過ぎていた。一九八〇年の初夏のある日、ふたたび司馬は山形空港に降り立った。迎えたのは井上ひさし夫妻である。井上の案内で、二日間にわたって、山形県内をめぐった。井上の表情によって、その照り映（ば）えひとつで、司馬は豊潤な風土を感じることができた。山形盆地の市街地で一泊した。二日目の日暮れ前には、井上とともに仙台へと赴かねばならない。広瀬川のほとりの料理屋で、井上の仙台一高時代の同級生たちとの会食が待ち受けていたのである。陽が傾いてゆく。それが司馬をあせらせる。井上は「大丈夫です」と、広大な東北の山河を腹中に入れているかのようなおようさでいう。この言葉の肌触りがなんともいい。これに続く一節もとてもいい。

「ところで」

のどの奥から、赤や青のシャボン玉が出てくるような、ふわりとした口ぶりで、このひとはいう。

「蔵王にいらっしゃったことがありますか」

「ないんです」

「それなら、行きましょう」

「しかし仙台に六時ですが」

「大丈夫なんです」

と、シャボン玉が舞いあがり、結局、山越えがはじまった。蔵王は想像以上に雄大な大山塊で、車がのぼるにつれて天空に近づく思いがした。

山頂での井上さんはじつに閑々として行雲流水のふぜいだった。が、胸中はそうでもなかったろう。

これが奥州人の意気というものなのである。井上さんが「公私」の軽重を量り、「公」に殉じていることは、私にもうすうすわかっていた。

仙台で井上さんを待っている同級生たちはこの人にとって身内だから親であり、親なればこそ私である。それに対し、外来の人間である司馬ナニガシはより疎であり、しかも客であるために公になる。従って蔵王を越えることも公としての快挙であり、この公の前には、仙台で待つ「私ども」には我慢を強いねばならず、井上さんはそれについて万斛の涙をのんでいる。その上での泰然自若なのである。

客をもてなすのも、情義である。その情も義も奥州人においては劇烈なものといっていい。

長い引用になってしまった。じつをいえば、これはひそかに、わたしが愛してきた一節なのである。読むたびにはらはらする。まるで、すぐれた小説の一場面であるかのように、引き込まれる。そして、いつだって太宰治の『津軽』、その「蟹田」の章の主人公Sさんを思い浮かべる。それが井上ひさしその人の姿に重なる。

司馬はといえば、まずはおもむろに、謡曲『鉢木（はちのき）』について、「奥州人の客に対する接待の文化をえがいたもの」と紹介したうえで、当然のように、太宰の『津軽』に触れて、これは全編がその『鉢木』の人情を激しく描いたものだ、と述べるのである。司馬が『津軽』から引いた、「その日のSさんの接待こそ、津軽人の愛情の表現なのである。……友あり遠方より来た場合には、どうしたらいいかわからなくなつてしまふのである」という言葉など、あの場面の注釈そのものではなかったか。司馬が井上ひさしにそっと差し向けていた、敬愛にみちたまなざしが心地よい。

ともあれ、そうして、先の引用箇所の絶妙な種明かしがなされたのであった。それにしても、遅刻の達人として知られた井上ひさしの心の底を覗き込んだかのような、やさしくも、凄みを感じさせる一節ではあった。「客をもてなすのも、情義である。その情も義も奥州人においては劇烈なものといっていい」という中結びもまた、みごとであった。東北人は遅刻においても、かくして豊かに形而上的な生きものなのである。

それにしても、東北にはきっと、白河の関の向こうから訪れるマレビトたちを手厚く歓迎する文化が存在するにちがいない。

*

「宮城野と世々の心」の章。あらためて芭蕉と、その『おくのほそ道』である。司馬の東北紀行にとって、この『おくのほそ道』は欠かすことができぬ同行者であった。芭蕉は四十六歳。江戸を出立するとき、「前途三千里のおもひ胸にふさがりて」と、あたかも極北にでも赴くかのような思い入れをもって奥州をめざした。その旅の北のかぎりは、一ノ関の平泉であった。司馬はそこに、「タケが自生する北限のあたり」という不思議な注釈をほどこしていた。

じつは、この前段に、こんな一節があった。ある津軽出身の人が、はじめて青森を離れたときのことだ。汽車が仙台まで来たとき、この人は田園のあちこちに竹藪があることに驚いて、「アア、南方に来たと思った」という。「仙台は南方である」、そう、司馬は石板にでも刻みつけるように書いた。念のために、このエピソードは「陸奥のみち」の「久慈」の章にも、そのままに見いだされる。たしかに、福島から宮城にかけてのエリアで竹の文化は消えてゆく。その北方は、つまり北の東北は、道具の素材でいえば樹皮の文化圏となる。そこは縄文文化が豊かに栄え、いまに狩猟・採集文化がいとなまれ、「内(ナイ)」や「別(ベツ)」といったアイヌ語地名があたりまえに分布している、あきらかに異質なフォークロアを抱いた地域なのである。いわば、芭蕉はそうした北方文化圏には足を踏み入れることがなかったと、司馬はあえて念押しをしたのである。とはいえ、『おくのほそ道』の旅は、歌の名所としての歌枕に杖をひくのが主な目的であった。それゆえ、たとえば青森県が旅のルートにふくまれることは、残念ながらありえなかった。そう書いたとき、司馬はあるいは、津軽や下北をゆく芭蕉の姿をほんの一瞬だけ思い浮かべていたのかもしれない。

　仙台にいたった芭蕉にとってたいせつな意味があったのは、「宮城野の萩」であることを、司馬は周到に指摘している。いまの仙台あたりをさす宮城野は、古歌にもしきりに詠まれて、ことに秋の野に咲き乱れる萩にたいして格別な思いがこめられていたのだ、という。しかし、残念ながら、ときは六月下旬であり、萩の咲く季節ではなかった。それでも、芭蕉は野辺へ赴き、葉だけの萩を見つけて喜んで、「秋の気色思ひやらるゝ」と書いたのである。萩ばかりではない。古き時代には、宮城野の広やかさ、そのうえに浮かぶ白い雲、豊かな川の流れ、気品のある青いやまなみ、すべてが大宮人たちのあこがれだった。そう、司馬は書いている。

　仙台は南方であった。だからこそ、そこは王朝文化の北限となった。八世紀のころには、仙台平野の北に多賀城という中央の官衙、「遠の朝廷」としての都城が築かれていた。多賀城とも呼ばれた。そこには、都から赴任してきた官僚たちが暮らし、宮城野の美しさを詩歌に詠み、山河を風雅でみがいた。そうしたいにしえの王朝文化の北限の風景を求めて、芭蕉はこの歌枕の地へとやって来たのである。

そこに、あの津軽人の言葉が重ね合わせにされる。仙台平野には竹藪があった。そこは南方だった。津軽から見れば、仙台は南方であるというまなざしと、都の王朝文化にとっての北限という仙台へのまなざしとのあいだには、「共通する一枚の基盤」がある、と司馬はいう。興味深い指摘ではあった。なにか、異質な文化が交錯している気配が感じられる。そこが、古代のある時期において北と南とが重なりあう「ボカシの地域」であったこともまた、否定しがたいだろう。

鴨長明（かものちょうめい）の『無名抄（むみょうしょう）』には、こんな話が収められている。十一世紀の末、橘為仲（たちばなのためなか）は歌人として知られていたが、陸奥守（かみ）に任ぜられて、いまの仙台平野へとやって来る。白河の関を越えるときには、歌の名所に敬意を表して、わざわざ礼装を身につけたという。そして、都に帰るときには、宮城野の萩を掘りとって、十二個の長櫃（ながびつ）に収めて都まで運んだ。その行列が都に入ったとき、名にし負う宮城野の萩を見るために、人々が二条大路にひしめきあった。牛車（ぎっしゃ）に乗った公家もいた、という。司馬はこう述べている、「日本人の詩歌へのおもいと、都びとの宮城野へのあこがれがどういうものであったかを知るよすがになる」と。

さて、当然とはいえ、宮城野はたんなる都の人々のあこがれの地であったわけではない。その北に位置を占める多賀城は、たとえ都人（みやこびと）に憑依したように、司馬その人が「その名称をとなえるだけで、思いが茫々となる」のだとしても、なにより城であり官衙（かんが）だった。都の文化の象徴としての寺院が、その当時は、壮麗な堂塔とともにかたわらにあった。仏教はこのとき、マツロワヌ異族を教化・慰撫するためのイデオロギー装置であったことを想い起こさねばならない。それらの遺跡のすべてが台地のうえにあり、東には海が広がっていた。

> 多賀城は、八世紀のはじめ、北の蝦夷にたいする防柵として出現した。さらには奥州の鎮所として機能した。ついには、
> 「遠の朝廷」
> としての威容をもつにいたった。奥州にあっては都のミニチュアであり、都にあっては辺境へのあこがれの象徴だった。奈良朝・平安朝の都人たちは奥州の山河を愛し、その草木まで知識として知っていた。宮城野の萩で象徴されるように、草の名さえ詩になった。
> このようにして、多賀城のまわりの山河は畿内以外における第一の歌の名所として育ってゆく。自然が人文に昇華する作用をこの奥州の国衙は果たした。多賀城そのものが、詩であるといえる。(「千載古人の心」)

たしかに、そこは都人にとっては、まさしく「辺境へのあこがれ」の象徴であり、歌の名所であり、一篇の詩ですらありえたかもしれない。しかし、防柵として、鎮所として、都城として、多賀城は北の蝦夷に対峙することを第一義とする施設であった。すくなくとも、北

の蝦夷にとって、そこは詩ではありえず、名所でもなかった。それだけが否定しようのない現実である。むろん、司馬がそのことに無知であったり、無視しようとしたというわけではない。たとえば、司馬はこんなふうに述べていた。


ところで、この大和政権は、稲作に熱心だった。ひろがってゆく稲作の潮流に乗り、それを推進するエネルギー源にもなった。

稲作文化になじまない旧形態のひとびと（たとえば採集生活者）がいた。とくに奥州においてその勢力がつよかった。そういうひとびとを、ひっくるめて蝦夷といったのであろう。

いまの宮城県の仙台平野は、早くから稲作文化を面としてひろげていた。その北方に蝦夷がいる。

それに対するふせぎとして、七〇九年かそれ以後に「陸奥鎮所」が置かれたのである。

（同上）


蝦夷とはだれか、という問いが浮上してくる。司馬はこのすこし前では、「蝦夷はアイヌである」という説をあきらかに退けていた。司馬がくりかえし語ってきた蝦夷とは、アイヌという異族ではなく、同じ「日本人」の分かれであり、弥生式稲作農耕を受容せずに、北に移り住み、北の風土に適した「古い生産形態」（採集、実態としては狩猟・漁労を含む）を守りつづけた人々であった。かれら蝦夷は異族であれ、日本人の分かれであれ、大和の王権によって征討や王化の対象として指名されていた人々であったことには変わりがない。そして、かれらが「辺境へのあこがれ」とまったく無縁な人々であったこともまた、あまりにあきらかなことだ。わたしはそれを、辺境へのロマン主義と名づけてきた。あらためて、司馬の東北紀行のいずれかをテクストにして、それについて論じるときが訪れるはずだ。

景色とは遠きにありて想うべきものだ、という

司馬の東北紀行がいわば、その多面体のなかのひとつとして、歌枕をたどる旅という側面をもっていたことは否定しがたいはずだ。むしろ、司馬自身がそれについて自覚的であったようにもみえる。ここでは「詩人の僭さ」の章に眼を凝らしてみたい。

松島はいわずと知れた、日本三景のひとつである。太宰の『惜別』には、主人公の魯迅がその景色のよさを見つけるために悩む場面が挿しこまれている。むろん、虚構ではあるが、太宰自身が松島の美のわからなさに閉口していたにちがいない、と司馬は想像を巡らす。たしかに、松島の絶景なるものを語るように求められたとしたら、途方に暮れずにはいられない。

言葉をうしなう。だからこそ、司馬は前置きをせざるをえなかった。松島の悪口をいおうとしているのではない、「景色というのは遠くにあって（都にあって）想うべきものだ」ということを語ろうとしているのだ、と。

松島を訪ねた司馬はあきらかに苛立っている。詩人の儚さについて、であったか。土地の人たちが苦慮していることも承知していた。たしかに「松島が絶景であることは、世にとどろいている」が、その絶景たる由縁をだれにでもわかるように語るのはむずかしい。司馬は思いあまったように、それは「ひとえに古典文学によってつくられた名声で、画家などの造形家は参加していない」とまで書いた。王朝貴族は詩歌においてこそ卓越していたが、色彩や形といった美学的な側面になると、いささかあやしいところがあったのではないか。心が乱れている気配すら漂う。

司馬はこのとき、情けなく感じていたのであった。あちこちの看板や説明の掲示板に、芭蕉の作として、あの「松島や　ああ松島や　松島や」という句らしきものが掲げられている。芭蕉の句であったはずがない。『おくのほそ道』には松島で詠んだ句が収められていない。だから、土地の人も苦慮してきた、その所産であったということか。司馬もまた、「くりかえし惜しまれるのは、松島においても瑞巌寺でも、芭蕉は句をつくらなかったことである」といい、やはりどこか苦慮している気配である。

そんな、妙に力んでいる司馬の姿がかわいらしくも感じられる。司馬の言葉を拾ってお

く。——松島の観光にたずさわる人たちは、いますこし芭蕉にたいして粛然たる気持をもっ

てやってほしい、別に松島を貶めているわけではなく、むしろ、「古きよき松島よ、たじろぐ
な」といおうとしているのだ、観光というのは、本来高い精神で捉えるべきだということも、
ともに感じたい、と。司馬はやはり、景観としての松島にたいして落胆したのである。そし
て、歌に詠まれた美しい松島と現実の松島とのあまりの隔たりに、あられもなく狼狽してい
たのではなかったか。わたし自身もまた、はじめて遊覧船に乗って島巡りをしたときに、妙
に気恥ずかしくてならなかったことを思いだす。

さて、こんな一節に眼を凝らしてみるのもいい。

古来、日本の名勝は、歌によってつくられた。そこが詠まれつづけているうちに、土地そのものが歌枕になる。松島も塩釜も宮城野も、王朝のころ、すでに歌枕第一等の地で、いわば詩による霊気を帯びていた。

その霊気を感じなければ、歌詠みとはいえない。はるかな後代に生まれた芭蕉もまた、中世の歌枕の地を踏むべく、聖地巡礼のようにして白河の関を越えるのである。越えるとき「風流の初(はじめ)やおくの田植うた」という句をつくって『おくのほそ道』に挿入したのは、美の聖地へゆく覚悟を示したものである。

従って、芭蕉は、奥州という歌枕の地や、あるいは歌枕そのものに対して、一グラム

の皮肉も持っていないのである。（「詩人の儚さ」）

芭蕉は松島について、句はつくらなかったが、次のような言葉は残した。すなわち、「松嶋は扶桑第一の好風にして、凡洞庭・西湖を恥ず、東南より海を入て、江の中三里、浙江の潮をたゝふ、……造化の天工、いづれの人か筆をふるひ詞を尽む」と。中国の世に知られた名勝である洞庭や西湖との比較のなかに、松島の絶景であることが、いかにも高い調子で語られていた。芭蕉はここに、「一グラムの皮肉」だってこめてはいない、そう、司馬は擁護しているのである。なにやらほほ笑ましくもある光景だ。

日本においては、名勝とは歌によってつくられてきたのだ、という。多くの歌人に詠まれつづけた土地が、やがて歌枕の地となり、それゆえに、そこには「詩による霊気」が濃密に垂れこめることになる。また、そうした霊気をたっぷりと感受できる者たちだけが、歌人の系譜につらなることを許されもした。むろん、芭蕉がまた、そうした歌人のひとりとして聖地巡礼のように白河の関を越えて、みちのく（道の奥）へと足を踏み入れるのである。芭蕉はこの境を過ぎてすぐに、「風流の初やおくの田植うた」という句をつくった。「美の聖地」に足を踏み入れる覚悟の表明であり、あるいは、仁義を切ったとでもいうべきか。この芭蕉の歌について、司馬はくりかえし言及していた。あらためて触れたい。

それにしても、「以上、芭蕉のために雪隠のつもりでのべた」と、ひとたび結ばれながら、そのあとにも名残り惜しげに、司馬による松島論は続いてゆくのである。思いがけず、この人はとても生まじめだった。松島への、宮城野への、東北への、そして、芭蕉への、文学へのあふれんばかりの愛があった。身悶えしているようにも感じられる。歌枕・名所・観光をめぐって、もしかすると『街道をゆく』という歴史紀行は、途方もなく豊饒なる問いかけと可能性の種子を数も知れず残してくれたのかもしれない。古きよき松島よ、たじろぐな、観光とは高い精神で捉えるべきものだ、それをともに感じたいのだ、という。なんと熱いメッセージであったことか。歌枕の地としての松島が、まさしく「無形の大遺産」であるがゆえに、「形而上的な営みへの畏敬心」をこそ呼び覚まさねばならないと感じていたのかもしれない。

＊

司馬遼太郎という人は、なによりも独創的であることに敬意を表した。だから、日本史のなかでは、きわめて例外的な存在である独創性にみちた思想家たちにたいして、くりかえし光を当てて、再評価へと道をひらこうとしたのである。日本には、「「師承」という病的な伝統」があった、と司馬はいう。師承とは、師から弟子や門弟が承け伝えることである。その源流は真言密教の師承にあった、という。師の説を承けて、平穏に世々（よよ）を過ごしてゆき、それに反することは謀反として忌まれ、許されなかった。そんな精神の風土のなかでは、独創というものが容易に出現することはありえない。そう、司馬は感じてきた。「陸奥のみち」では安藤昌益を取りあげた。この「仙台・石巻」で光を当てられたのは、やはり近世の思想家・山片蟠桃（一七四八～一八二一）である。

　司馬はいま、松島湾を見下ろす山上の塩釜神社への石段を、息を切らして登っている。ささやかな望みがあった。かつて、はるかに大阪の地からやって来た山片蟠桃も、この石段を登っている。無神論者ではあったが、この神社に石灯籠を寄進していたのである。蟠桃には著作があって、遺品はないにひとしいから、塩釜神社の石灯籠は蟠桃を偲ぶせめてもの縁だった。

　石段を登りながら、司馬は「山片蟠桃は、えらかったですな」という。蟠桃のような独創性に満ちた思想家が、「あの窮屈な江戸社会のなかから出たというのは、奇蹟のようなもの」だと感じたのである。なぜ蟠桃というのか。商家の番頭であったからだ。ユーモアとともに、いや、それ以上に矜持が感じられる。腰のすわり方がいい。大阪の豪商・升屋の番頭であった。主家にたいする誠忠無比な番頭でありつづけながら、この人はまた、当時の既成思想にたいして、「コペルニクス的な（語呂あわせのようだが、かれは地動説の論者であった）創見」を述べつつ、しかも、社会のアウトサイダーや乱臣賊子や無頼漢にはならなかった、という。とても魅力的な、そそられる紹介状の前文ではなかったか。わたしは一気に引きこまれた。

　以下が、その本文といったところだ。

思想家としての蟠桃は、ごくざっとした比較で——人文主義(ヒューマニズム)という共通の場で——ルネサンス期の思想家エラスムス(一四六六〜一五三六)とくらべられるかもしれない。エラスムスの『愚神礼賛』を蟠桃の晩年の著作である『夢の代(しろ)』にくらべるのは、無意味ではない。

『愚神礼賛』は、王侯貴族や教皇・司祭といった伝統的権威に対し、そのすそをひっぱがしてその醜い実体を諷刺した物語である。度胸はいいが、やや扇動的でもある。『夢の代』には、扇動性はない。ひとびとをとりこにしている伝統的な宗教思想や俗信がいかに荒唐無稽なものであるかを説き、説き方が冷静で、大岩の理(すじ)をみつけてはのみを入れ、つちをたんねんに打ちつづけてついに割り崩すというような論理性と説得力をもっている。蟠桃には、エラスムスのようなつよい自己顕示性はなく、大向うを意識したりもしなかった。その『夢の代』は、自分の思弁を書きのべたかったから書いたもので、公刊しなかった。もっとも公刊すれば大さわぎになったろう。『夢の代』という本は、親しい人達が筆写することによってのちにつたわったのである。(「陸奥一宮」)

山片蟠桃とエラスムスの比較とは、なんと妄想じみていることか。しかし、わるくはない。蟠桃がヒューマニズムの思想家として、伝統的な宗教観や俗信の荒唐無稽さを、きわめて冷静な論理をもってあきらかにした人であることは、とりあえず納得できた。その思想の肌触りもまた、自己顕示とは無縁な、渋いものであったのだろう。それにもかかわらず、もしその『夢の代』が公刊されていたならば、大騒ぎになりかねない内容をふくんでいたということか。そそられる。

蟠桃の「無神論」については、以下のような輪郭が示されている。蟠桃は、人間や万物の生命というものを唯物的な自然哲学によって捉えようとした。たとえば、人間は生あるときは旺盛な精神作用を有しているが、死によって肉体が消滅するとともに、それはおわる。死後もなお精神作用が残るのを、鬼つまり化け物とか称されるが、「そういうものは存在しない」。鬼神は存在しないが、われわれが精神の折り目をただし神霊を祀るときには、神霊は「現前に在ますがごとくにある」。つまり、神は「人間のまごころのあらわれ」であり、「確かめ」でもある、という。司馬はそれを、無神論と呼んだのである。ともあれ、山片蟠桃という大きな思想のほんのさわりに触れることはできたかと思う。

こうした蟠桃の唯物的な自然哲学は、もうひとつの番頭としての側面とどのようなかかわりがあったのか。それは語られていない。ただ、蟠桃の実践的な功績として、「伝統的なコメ経済の思想をカネ経済に換算し、仕立てなおすことによって仙台藩の財政を苦境から脱せしめた」ということが指摘されているばかりだ。

江戸期の幕藩体制は、基本的な矛盾をもっていた。コメをもって尊しとし、稲作農民

> を基盤としながら、一方で貨幣経済をも併用してきたことである。江戸中期以後、圧倒的に商品経済がさかんになって、藩をも農漁村をも巻きこんでゆくと、貨幣をにぎる商人の世になった。資本主義の先駆状態が、コメ経済の幕藩体制をくずしはじめたのである。
>
> 幕府も諸藩も、貨幣経済という〝新時代〟の力の前に懸命にあがき、しかもコメ神聖思想や農本主義をすてきれず（捨てれば幕藩体制の自己否定になる）、貨幣経済との矛盾を克服するのに懸命になっていた。（同上）

それが山片蟠桃の生きた時代であった。稲作農耕／貨幣経済という二元論に根ざした解釈の枠組みに沿って、ここでも司馬は語っている。その重商主義的な立場はあきらかだ。稲作にしたがう農民とそのつくるコメを基盤とする重農主義のタテマエのもとで、貨幣と商品の論理、すなわち先駆的な資本主義が広く、深く幕藩体制のなかに浸透してゆこうとしていた。近世半ばにもなれば、その根本的な矛盾は覆いがたいレヴェルへと突き進んでゆく。仙台藩が代々にわたって、「沃土の上に安住して殖産興業をおこたった」ことを、司馬は指摘していた。蟠桃はその仙台藩に招かれて、藩財政の立て直しにしたがったのである。まさに、蟠桃は稲作農耕／貨幣経済の矛盾のはざまに、渦中に、いや最前線にいた。そして、番頭としての役割を冷静にまっとうしたのである。

*

この旅のなかの司馬もまた、ひたすら地図を読む人であった。「東北大学」の章のはじまりには、「私は、この旅で仙台の江戸期の地図をもってきた。べつに懐古趣味があってのことではなく、どの街に居ても、その原形と現状の二枚をかさねあわせて感じてみたいとおもっている」とみえる。たとえば、魯迅の『藤野先生』のなかで、魯迅がはじめて住んだ仙台の下宿を確認しようとして、江戸期の地図で確認する場面があった。このあたりは、「武家地ながら、鷹匠(たかじょう)のような小身なひとびとのすむ界隈」だったことがわかる、という。司馬はあきらかに、地図の読み方を知る人であった。

松島から石巻をめざした。石巻に着いたら、日和山(ひよりやま)を訪ねたいと念じていた。かつて『菜の花の沖』という小説を書いた。この小説の舞台は、日本列島と千島列島南部であるが、実際には「江戸期の商品経済」そのものを舞台としていた、そう、司馬は述べている。主人公の高田屋嘉兵衛は、江戸中期、船で全国の湊(みなと)という湊をまわっている。この湊こそが商品経済の結節点であった。司馬はできればそのすべてを見てまわりたかったが、かなわなかった。それで、古い湊へゆけば、かならず日和山にのぼってきたのだという。

江戸期、どの湊にも日和山があった。山頂にのぼり、はるかに海をながめ、また雲の色や風の動きを見たりして、いわゆる観天望気をするのである。その結果、よいとみれば船を出す。

この日和見こそ、航海の基礎だった。日和見をする専門家が地元にいて、船から金をもらって天気を教えることもあり、また船頭自身が登ることも多かった。

（「海に入る北上川」）

じつは、日和見のフォークロアについては、日本海の酒田の沖に浮かぶ飛島で聞き書きをしたことがあった。近世の飛島は、北前船が風待ちのために寄港する湊のある島として栄えた。荷を積んだ船は日和を待って二、三日滞在した。二十軒を越える、船宿を兼ねた船問屋があった。わたしが訪ねた一九九〇年代の半ばには、トビウオ漁やイカ釣り、磯見漁によるアワビ採りなど、漁業が盛んにおこなわれていた。かつて、島には組ごとに五人の日和見がいて、天候を見たうえで、その日の漁に出るかいなかを合議して決める制度があった。絶大な権威と力をあたえられていた。だから、日和見には抜きんでてすぐれた漁師が選ばれた、という。鶴岡市の加茂の湊には、女の日和見がいたと聞いた（拙著『山野河海まんだら』を参照のこと）。むろん、石巻とは湊のスケールがちがう。日和見の制度においても、大きな隔たりが見られたはずだ。ふと、高田屋嘉兵衛は飛島の湊に立ち寄ったことがあったかもしれない、と思う。

そのとき、司馬は日和山公園のある丘のうえにいた。二月の末であった。その旅からは二十六年の歳月が過ぎていた。季節は近い。二〇一一年の三月一一日、石巻の街は巨大な地震と津波に襲われ、舐め尽くされたのだった。壊滅的な被害を受け、たくさんの犠牲者が出た。かろうじて、この日和山に逃れて助かった人たちは多かった。丘のうえの日和山公園までは、さすがに津波は届かなかった。日和山とその後背をなす高台の住宅街だけが、津波に没した石巻の街のなかに小島のようにとり残されたのである。

「海に入る北上川」の章のおわりに、こんな言葉が書きつけられてあった。すなわち、「丘上から河川の蛇行をながめるというのは、思いの遠近がさまざまに重なるものである」と。司馬はおそらく、そこでも何枚かの地図を広げ、「思いの遠近」をさまざまに重ねながら、北上川の蛇行を眺め、河口あたりに眼を凝らしつづけたはずだ。

司馬は眼をほそめ、黙って考えている。湊としての石巻は、江戸以前には存在していなかったのだ。河口もまた、なかった。この川も、湊も、みな伊達政宗がつくった。政宗が招いた毛利家の浪人・河村孫兵衛が七年の歳月をついやして、原野を掘り、堤防を築いて、あらたに北上川を南流させる河道をつくった。これによって、仙北平野の「ノヤチ（野谷地）」と呼ばれた不毛の湿原地帯は、一挙に美田となった。そして、それまで無名の浜にすぎなかった石巻に湊がつくられたのである。まさしく政宗にとっては最大の土木事業であった。

「いいもんですな、須田さん」

　私は、画伯に川をさし示した。

「この川をみていると、政宗は全体としてすっきりした男だったということがわかりますよ」（「海に入る北上川」）

　ここに画伯とは、すでに何度か登場していたが、連載時の『街道をゆく』に挿絵を寄せた絵描きの須田剋太のことだ。須田は黙って聞いていたにちがいない。わずかにうなずいたかもしれない。いい場面だと思う。そうか、伊達政宗というのは全体として眺めれば、「すっきりした男」だったのか。二十四歳の政宗は、甲斐から富士を見た。それから、死装束のような格好をして、秀吉の前で過剰なほどに随順の演技をしたのではなかったか。そんなエピソードを思いだす。その政宗がすっきりした男だったのだ、という。司馬のまなざしがすっきりとして、いい。そう思う。

第四章　秋田県散歩——秋田県沿岸部〜北部

江戸期の武士のほとんどは貧しかった。おのれの境涯に堪えることと、富むことをねがわず、貧しさのなかに誇りを見出し、公に奉ずる気分がつよかった。そのことが、明治への最大の遺産になった。

（「海辺の森」）

西行は象潟を絵画にし、芭蕉は音楽にした

この「秋田県散歩」（一九八六年連載）の旅もまた、どこか、あの山形紀行にも似てはかなげな印象がある。「ひさしぶりで東北の山河や海をみたいとおもったが、どこへゆくというあてはない」と書きだされている。たぶん、たんなる偶然ではない。はじまりの期待値があきら

かに低い。あてのない旅になった。とはいえ、収穫は思いがけず豊かだった。ところで、念のために言い添えておくが、東北の旅はけっして久しぶりではなかった。「陸奥のみち」は一九七二年、「羽州街道」は一九七六年、それから九年の歳月を経て「仙台・石巻」は一九八五年に、それぞれの旅がおこなわれていた。つまり、秋田紀行の前年の二月末には、仙台から松島・石巻あたりを歩いていたのである。

秋田に決まるまでには逡巡があり、二転三転した。冒頭(はじまり)の章「東北の一印象」には、そんな逡巡する姿が、どこか楽しげに描かれている。「この旅は、数カ月に一度やる。旅程は、平均して四、五日である。ときに十日を越えることもある」と、「象潟(きさかた)へ」の章にはみえる。数カ月に一度、たいていは四、五日の旅をして、そのあと数カ月から半年ほどかけて週刊誌に連載する。行き先はだれに指示されるわけでもないから、勝手気ままに決めればいい。とはいえ、外すわけにはいかない。射抜きそこなうと、帰ってからの資料漁りがむやみに増える。「羽州街道」にはそれが感じられた。

津軽は、かるがるとした気持ではゆけそうにない。

南部(岩手県)は日本の近代史にとって重要な地である。その一部の八戸(明治後南部からきりはなされて青森県に入れられた)にはすでにこの旅で行った(第三巻)。宮城県も同様である。仙台とその付近を歩いた(第二十六巻)。

いちど、ゆっくり会津盆地（福島県）を歩いてみたい。ただ会津については小説のなかでずいぶん書いてきて、会津人たちの跫音（あしおと）まできこえてきそうである。行けば自分にとっての歳月が逆行してくるにちがいなく、それは楽しくはあるが、気懶（けだる）くもある。

（「東北の一印象」）

津軽や会津にはまだたどり着けそうにない。そうであれば、行き先はかぎられてくる。日本海側の秋田県内のどこか、山形県の庄内地方あたりか。秋田と山形は古くは出羽と呼ばれて、奥羽山脈の西側に広がっている豪雪地帯であり、むろん日本海に面している。この地方には昔から、京・大阪の上方文化が日本海の交通ネットワークに乗って運ばれてきた。平野部の稲作風景とあいまって、景観そのものが、およそ岩手県の南部・下北地方などとは異質な匂いが漂う。いわば、そうした「古代以来ふかぶかと堆積した独立性のつよい文化をもつ地帯」と比べたときには、その文化的

な独立性が淡いということだ。

ともあれ、そういう東北へゆくのである。東北はたいへん多様なのだ。すでに、この書の「第二章　羽州街道」のなかで触れた一節である。——さて、どこへゆくべきか。地図を広げてはみたが、なかなか心が決まらない。ただ、気になる土地はあった。庄内である。しかし、庄内は東北だったかと、ときに考えこんでしまうことがある。いわば庄内は、「上方、江戸、東北という三つの潮目になるというめずらしい場所」であり、司馬は『街道をゆく』を書きはじめたときから、庄内へゆくことを考えていたらしい。しかし、「自分の不勉強におびえて、いまだに果たせずにいる」と無念そうに書いた。藤沢周平のいる庄内には、なかなか気楽には踏み入れないといった事情があったのではないかと、根拠もなく想像してみるが、さだかではない。

それでも、いったんは庄内と決めたのである。が、数日が過ぎて、どうもまだ自信がないと思い、庄内も津軽もあとだ、と編集部に伝える。そして、広大な秋田県地図を撫でながら、「ここにしましょう」といってしまう。とりたてて理由はなかった。まるで自分を慰めるように、いや、納得させるためのように考える。そこは古代以来、一大水田地帯だったし、近世には杉の大森林と鉱山のおかげで豊かでもあって、ほかの東北に比べると、歴史が穏やかに流れつづけてきた県だ。おそらく、気分をのびやかにさせてくれるにちがいない。なにやら無理強いに、自分をその気にさせようとしているかにもみえて、おかしい。

*

大阪空港で須田画伯と落ちあう。『街道をゆく』の連載がはじまって、すでに十六年の歳月が過ぎ去っていた。話がはずんだ。「ところで、秋田は、どんなテーマですか」と、画伯が聞いてくる。「ないんです」、ここにいたって、司馬はそう答えるしかなかった。機内では、例によって、最新版の秋田県地図を眺めながら、思案を巡らしていた。やがて秋田空港に降り立った。タクシーに乗りこんだところで、ようやく象潟の蚶満寺を訪れようと決めた。その寺では、司馬の古い軍隊友達が住職をしているはずだ。タクシーが走りだす。ホッとしたように、司馬は「私も、広い秋田県にきて、ようやく目標をえた。じつをいうと、秋田県人といえば熊谷能忍を知るだけなのである」と、たぶん心のなかで呟いたのではなかったか。熊谷能忍は住職の名である。

象潟は、地名には潟が残っているが、すでに潟をなしていた海は遠くに行ってしまった。文化元（一八〇四）年六月四日（新暦七月十日）、局地的な地震が起こった。象潟地震と名づけられている。象潟の海の底が二・四メートルも隆起し、陸地になった、という。『おくのほそ道』の旅で、芭蕉がこの地を訪れたのは元禄二（一六八九）年の六月半ばであった。地震の百十五年ほど前であった。芭蕉のころは、たしかに海だったのである。芭蕉は舟で蚶満寺に漕ぎ寄せている。寺は小島のうえにあった。『おくのほそ道』には、「向うの岸に舟をあがれば、

「花のうへ漕ぐ」と詠まれし桜の老木、西行法師の記念を残す」とみえる。西行の歌が踏まえられている。

かれは能因や西行の跡をたどるべく奥州・羽州の山河を歩いたわけで、白河の関をこえるときも、ふたりの古人を思って感動した。

風流の初めや奥の田植歌

という句に、芭蕉の胸のときめきを感じねばならない。「風流の初めや」というのは、なだらかに解すれば、単に「田植歌をきいて奥羽の風流の最初のものに接したよ」という意味になるが、その底に能因と西行をかさね、奥羽こそ詩歌の基礎なのだ、という心がこめられているかと思える。(「合歓の花」)

司馬はくりかえし、この句に触れて、そのたびに熱く語っていた。芭蕉の旅は、古き歌人たちの残した歌の跡をたどるための、まさに歌枕の旅であった。この「合歓の花」の章の司馬もまた、じつに忠実なる歌枕の旅人であった。能因法師と西行はどちらも、奥羽を歩いた、象潟にもやって来たと、わたしは一議もなく信じている、それはたんなる伝説ではない、そう、司馬は述べている。芭蕉もむろん、そのように信じていたはずだ。歌人とはそうした存在（モノ）だ、そう信ずることなしには歌を詠むことができない、歌とはそうしたモノであり、歌枕の旅とはそうしたモノであるべきだ。そんな司馬の呟きの声が聴こえてくるような気がする。

司馬はいま、蚶満寺の境内にいる。奥羽こそが詩歌のはじめの地でなければいけない、とあらためて思ったにちがいない。松島と象潟。芭蕉は『おくのほそ道』のなかに、「俤（おもかげ）松嶋にかよひて、又異なり、松嶋は笑ふが如く、象潟はうらむがごとし、寂しさに悲しみをくはえて、地勢魂をなやますに似たり」と書いていた。地勢とは、景色の趣きといったところか。司馬はこれを、以下のように解いている。

> 芭蕉にとって、松島の水景ははれやかにおぼえた。似たような景色ながら、象潟では清らかさと寂しさを感じたらしい。寂しさといっても仏教的な型による寂しさではなく、芭蕉のイメージは艶（えん）なものだった。美女をおもい、悲運にやるせなくうなだれている風情を感じたらしい。（同上）

潟であった時代の、海のなかにたくさんの島々を浮かべた象潟について、芭蕉は語っていたのである。松島にも似通う水景であった。芭蕉はそれを見た。わたしたちには想像してみることしかできないものだ。思えば、わたしたちは芭蕉の見た松島だって見ることはできない。そこにはすくなくとも遊覧船はなかった。いずれであれ、もはやその水辺の風景の清らかさや寂しさを感受するのはむずかしい。

芭蕉は、松島では句をつくらず、幸いにも象潟ではつくった。この句について、司馬は想いを寄せながら、ゆったりと読みほどいている。

> 芭蕉は、この象潟にきて、合歓（ねむ）の花を見たらしい。
>
> 合歓の木は、日あたりのいい湿地を好んで自生するから、象潟にふさわしい。夕方になると葉と葉をあわせて閉じ、睡眠運動をする。このため日本語では眠（ねむ）また眠（ねぶ）の木と言い、漢語ではその連想がもっと色っぽい。合歓（ごうかん）という。合歓とは、男女が共寝（ともね）をすることである。
>
> しかし芭蕉のこの季節は、ねむ（ねぶ）の木が花をつけるころで、花は羽毛に似、白に淡く紅をふくんで、薄命の美女をおもわせる。つかのまの合歓がかえって薄命を予感させるために、花はおぼろなほどにうつくしいのである。

芭蕉は、象潟というどこか悲しみを感じさせる水景に、西施の凄艶なうつくしさと憂いを思い、それをねぶの色に託しつつ、合歓という漢語をつかい、歴史をうごかしたエロティシズムを表現した。

象潟や雨に西施(せいし)が合歓(ねぶ)の花

当時としては、前衛そのものの作風といっていい。
芭蕉の感覚では、象潟の水景は雨に似合うのである。（同上）

たしかに、象潟はもはや陸地になり、水景そのものを失ったが、逆に「この一句によって不滅になった」のかもしれない。歌の力、あるいは歌枕の力ということか。司馬はまた、「西行は象潟を絵画にし、芭蕉は音楽にした」とも書いている。西行作とされる歌のひとつ、「象潟や桜の波にうづもれて花の上こぐあまの釣舟」となると、まさしく現実と幻想とが織りなす絵画的なイメージのあでやかさこそが感じられる。それでは、芭蕉はどのように音楽的であったのか。残念ながら、それはじかには語られていない。

象潟地震によって、象潟一帯は泥と沼に覆われることになった。六郷藩はこれを奇貨(きか)として、この一帯を開拓して水田にしようと企てる。そのためには、島々の松を伐り、その土を低湿地に運び入れねばならない。そうして九十九森(つくも)が消滅した。新田開発は地震の翌々年からはじまっている。ひとり、反対したのが、蚶満寺第二十四世の覚林(かくりん)だった。覚林は京にのぼり、蚶満寺を閑院宮家(かんいんのみやけ)の祈禱所にしてもらうことで、松の森を守ろうとしたのであった。しかし、覚林はのちに、藩の牢に閉じこめられ、糞尿にまみれて死んだ。その後も新田開発は進められたが、六十ほどの森だけが残った、という。このくだりなど、そのままに短編小説の構想メモのようではある。『街道をゆく』には、そんな作品の種子がいたるところに蒔かれている。

象潟という潟のたどった運命には、関心をそそられる。地震によって、この潟は泥と沼に覆われ、やがて開発によって水田へと姿を変えていった。ふと、東日本大震災のあとに、南相馬市の津波に舐められた海辺で出会った泥の海を思いだす。その下には、明治三十年代からの干拓と開発によってつくられた水田風景が沈んでいた。土地の人が、潟にもどった、江戸時代に還ったと語るのを聞いた。こうした潟と水田とがたがいに侵蝕しあう光景は、八郎潟においても目撃されるはずだ。あらためて触れる。

植民地という、異物のような言葉が転がっていた

秋田市街図を広げていたときに、司馬は菅江真澄（一七五四〜一八二九）の墓を見つけた。真澄は三河出身であったが、近世後期に、奥州から蝦夷地にかけて歩きながら膨大な日記を書き残した紀行家である。後半生は秋田に定着して、県内各地を調査のために歩いて地誌を残した。丘のうえに墓はあった。浅茅（あさじ）が原のようだった。草木のなかに、さまざまな墓碑が

立っていた。その奥まったあたりに、菅江真澄の墓があった。「菅江真澄翁墓」という文字のまわりに、流麗な筆跡で真澄の事歴などが刻まれている。「この漂泊の民衆観察者を、当時の秋田人たちがいかにたいせつにしたかが、この墓碑を通して推しはかることができる」と、司馬は述べている。

　司馬がつれづれに書きつらねた菅江真澄像のかけらを、いくつか拾ってみる。内田武志の菅江真澄研究に負っている。真澄はつねに頭巾をかぶっていたために、常かぶりと呼ばれた。漂泊者であった。柳田国男などは、まるで同行の亡き友を悼むように、「真澄翁の淋しい一生に、深い同情を寄せることが出来るような気がする」と書いていた。真澄は、三河では相当の家に生まれたらしい。教養も多彩で、国学に造詣が深く、医学や本草学のたしかな知識をもっていた。漂泊者ながらなんとか食べていけたのは、ひとつには画技のおかげだった。本草と医術もまた、身を助けた。歩く・見る・記録することだけが、真澄の人生だった。結婚することはなかった。ときに、ボサマ（盲目の座頭）のような印象をあたえながら、歩いていた。漂泊者にありがちなはったりのない人だった。こうした菅江真澄像は、柳田と内田のラインで作られたものといっていい。

　真澄が、好んで孤独に生き、二十代から七十代の死まで一貫して漂泊の中で送ったといえば、性格に欠陥でもありそうに思われるが、どうもそうではない。

文章を見ても、真澄のものやわらかな人柄だけでなく体温まで伝わってきそうだし、晩年の肖像画も、いまにも大きく笑みこぼれそうな表情をしている。（「菅江真澄のこと」）

どこか、小説の主人公として可能かを値踏みしていたかのようにも感じられる。柳田は「真澄遊覧記を読む」（『雪国の春』所収）のなかに、こう書きとめていた、「天明八年といへば江戸でも京都でも、種々の学問と高尚なる風流とが、競ひ進んで居た新文化の世であつた。然るにそれとは没交渉に、遠く奥州北上川の片岸を、斯んな寂しい旅人が一人あるいて居たのである」と。柳田にとっては、真澄はこの寂しさと切り離すことができない旅の人であったようだ。司馬はこれを引き取って、「真澄の存在は、江戸文化の厚味をも物語っていると言える」と、この「菅江真澄のこと」という章を結んだ。

ちなみに、平凡社の東洋文庫版の『菅江真澄遊覧記』を内田武志とともに編集した民俗学者の宮本常一に触れた箇所があった。司馬は晩年の宮本と交流があったようだ。司馬は書いている、旅にあけくれた宮本の生涯も真澄に似ているが、宮本は結婚し家族をもった、真澄にはそれがなかった、と。柳田はくりかえし、真澄を「寂しい旅人」として語ったが、宮本の語った真澄像のなかにはそうした「寂しい旅人」の面影が稀薄ではなかったか。宮本の旅はどこか明るく、おおらかだ。それにしても、人はなぜ、旅をするのか。この問いはよじれている、ひと筋縄ではいかない。そもそも、それぞれの旅の肌触りは微妙に異なっている。『街道をゆく』の司馬は、すくなくとも「寂しい旅人」ではなかったと思う。

真澄の墓に詣でたあとで、司馬はタクシーの運転手から、名所旧跡のひとつとして「旧奈良家住宅」を勧められた。その家がほかならぬ、真澄が文化八（一八一一）年に逗留させてもらった奈良家であることに、司馬はすぐに気づいた。大和出身の奈良家の初代がこの地にやって来たのは、戦国期の弘治年間（一五五五〜五八）のことだという。たしか、石工職人と伝えられていたのではなかったか。わたしの記憶ちがいかもしれない。司馬によれば、あたりは潟や湿地が多かった。はるかな遠祖は、ここよりすこし北の虻川という低湿地に入ったが、耕作しにくいとみて、現在地に移ったらしい。ここでも湿地を水田にひらいて、やがて大地主になった。みずからが開拓した土地に、小泉という故郷の地名をつけた、という。

旧奈良家住宅にて——。


屋内に入ると、キャッチボールができそうな土間があって、三和土（たたき）の硬さが、歳月のふるさを思わせる。

文化八年（一八一一）真澄五十八歳の春か初夏に、この家の土間に入り、この三和土を踏んだはずである。

かまちも、黒びかりしている。

真澄はそこに腰をおろし、わらじをぬぎ、足をすすいで、あるじの喜兵衛に招（しょう）じられるまま板敷の間にあがったのにちがいない。板敷は、顔でもうつりそうなほどに黒く光っている。

梁も柱も板敷も、煤を吸っては磨きこまれてきたために、黒い漆器の家のようになっている。

まことにみごとな江戸期住宅である。(「旧奈良家住宅」)

このとき、司馬はきっと、菅江真澄その人の立ち居振る舞いのひとつひとつを、ありありと思い描いていたにちがいない。やはり、真澄は小説の登場人物となって、頭巾をかぶり、いくらか猫背で、司馬の眼の前を横切り、黒光りする板敷の間に上がっていったのではなかったか。わたしもまた、何度かこの旧奈良家住宅を訪ねているが、その土間の広さや板敷の間の高さには驚かされた。まさに大地主の屋敷だった。なぜか、わたしはそのとき、小作人の気分になって、板敷に立ち尽くす奈良家の主人の姿を思い浮かべていたのだった。

わたしの庄内の聞き書きの旅のなかには、たしかにそんな場面があった。とうに没落したはずの地主の末裔は、いまも巨大な権力を背負っているかのように、玄関に立ち尽くし、わたしを見下ろした。そして、追い払うように、短い拒絶の言葉を投げてよこした。真澄は、いわば文化人として尊敬されていたとはいえ、しょせんは流れの寄宿者にすぎない。どこに、ささやかな居場所をあたえられていたのか。どこであったにせよ、それはかぎりなく寂しいマレビトの座であったにちがいない。

＊

さて、「寒風山の下」という章である。ここでは、八郎潟の干拓がテーマに選ばれている。稲作による呪縛に向けての批判者としての貌があらわであったか。奈良家の先祖が、潟や湿地の開拓にたずさわったことに注意を促しておく。

寒風山を下って、八郎潟に入った。食堂に寄って、カレーライスを注文した。地図で確認したのか、かつての湖心のあたりだった。真澄のころは、水をたたえ魚が泳いでいた潟だったのに、いまはそこでカレーライスを食うことができる。潟は埋められてしまったのだ。水田を増やしたいというのは、「稲作が基礎になっている日本の社会的本能のようなもの」だと、司馬はいう。

秋田藩の時代にもそういう案があったらしいが、技術がなかった。戦後になって、その技術を手に入れた。昭和三十年代の高度経済成長期以前の日本はいまだ、紀元前数世紀に、この列島へ弥生の稲作農耕文化が伝わって以来の伝統のなかにくるまれていた、という。いわば、そこは二千年の稲作史の最先端だった。この国では、米作りこそが正義であり、倫理であり、宗教でさえあった。そう、司馬は書いた。

敗戦から五、六年が経ったころに、八郎潟を国家プロジェクトとして干拓して水田地帯をつくる事業が起ち上げられた。この「米作万能の時代」がやがて去る、などと予言した人はいなかったのだろう。昭和二十七年、秋田県に農林省干拓調査事務所が置かれた。だれもが飢えの記憶をもっていたし、「米はタカラモノだという伝統の信仰」に縛られていた。そういえば、昭和二十八年生まれのわたしだって、お米は一粒も残さず、お百姓さんに感謝しながら食べるように、と親たちから言い聞かせられて育ったものだ。

日本は、有史以来、まずしかった。歴史がのこした富の蓄積が、せいぜい奈良や京都の大寺程度であることを思うと、日本史そのものがやっと食える程度の歴史だったことを思わせる。

明治後の資産である陸海軍や都市文化を戦争でうしない、餓えのために窮しきっていた戦後、ひとびとが日本という国につないでいた共通の願望は、

——たとえ貧しい国であっても、米だけは不自由なく食べられる国であってほしい。

という程度のものだったのではないか。

八郎潟の干拓は、右のような貧乏国の伝統と願望の中からうまれ出たものなのである。

日本経済はそれから二十年経たぬうちに、未曾有の、というより質的な大変化をおこすにいたる。

工業という、外貨獲得の機構が、農業をはるかに凌駕してしまうことで、米作農業は

苦境に立たされてしまうのである。(「寒風山の下」)

不思議な気分が寄せてくる。わたしたちの国は有史以来、それほど貧しかったのか。歴史が残した富の蓄積といえば、奈良や京都の古寺くらいしかない、という。たしかに、この国の歴史遺産とされるものは、そのほとんどが過去のささやかな栄華の痕跡でしかないのかもしれない。文化財はどれも繊細ではあるが、ほんとうにスケールは極小である。高度経済成長期を経て、この国は途方もない富を蓄積しながら、そこからどれだけ豊饒なる文化を創出してきたことか。金銭に換算できない豊かさが切り捨てられてきたのではないか。ふと、そんな妄想へと誘いこまれてしまった。

いましばらく、司馬の議論をたどっておく。確認しておくべきは、このときすでに、貧しい国が巨額の予算を投入して紡ぎだそうとした、大潟村という壮大な夢は、その存在そのものが「歴史の皮肉」になろうとしていた、ということだ。そもそも米の国家管理すなわち食糧管理法は、はじめは社会不安を解消するために、ついで戦時下の流通米を国家が管理するために生まれた。昭和四十年代になると、政府は米をもてあますようになった。大潟村という大農場は、米がだぶつき、買手である政府が「食管赤字」に悩む時代になって完成され、その後、五次にわたって入植者を迎えつづけたのであった。いわば、八郎潟を陸地にして、大潟村という、明治よりこの方、農政家があこがれつづけた大農式の農園がようやくにしてできあがるのだが、入植者を迎えたときには、「食管赤字」の泥沼に入ろうとしていたのだ、という。

いまもなお、国策のレヴェルにあっては、依然として、政府は米の過剰生産を抑えつづけねばならないばかりか、米作農家の保護をしなければならない。「鉄は国家なり」という時代は去ったが、「コメは国家である」という時代は、紀元前三世紀以来いまも続いている。そう、司馬は述べていた。

さて、世のなかはいよいよグローバリズムによって席巻されている。ＴＰＰの導入も近いようだ。グローバル企業の世界支配を支援するための壮大な実験か。司馬遼太郎という人はおそらく、たとえば井上ひさしの『コメの話』といった本を、深い同情をもって受け止めながら、しかし、東北が越えていかねばならない稲作イデオロギーの最終形態のようなものとして、井上の『コメの話』を眺めていたのではなかったか。そんな気がしてならない。

高度経済成長期からバブル経済期を経過して、グローバル化の時代を迎えながら、はたして「たとえ貧しい国であっても、米だけは不自由なく食べられる国であってほしい」といった、慎ましやかな伝統に根ざした願望は、どのような場所に追いこまれているか。いま、東北にひたひたと迫りつつあるＴＰＰ問題などは、いったいなにをもたらすのか。推しはかりかねているが、それがささやかであれ幸福なる未来へと通じている可能性は、かぎりなく低いことだろう。二〇一〇年代半ば、もし司馬遼太郎と井上ひさしの対談がおこなわれたとしたら、すこしだけ距離が縮まっていたかもしれないと、わたしは想像している。

ところで、わたしはすでに、東日本大震災のあとに南相馬市で目撃した泥の海について、暗示的に語っておいた。それは、わたし自身の東日本大震災の原風景のひとつであった。その下には、一面の水田風景が広がっているはずだった。以前の潟にもどったのさ、と話してくれる人もいた。泥の海はまさしく潟だったのである。「潟化する世界」といったイメージが、この震災を読み解くキーワードになりそうな予感が生まれた。わたしはそのころ、くりかえし柳田国男の「潟に関する聯想（れんそう）」というエッセイを読んでいた。

たいへん興味深く思われるのは、柳田がそこで、潟と水田のかかわりに眼を凝らしていたことである。潟をめぐって、漁業／交通／水田稲作が交錯する風景が見いだされていた。潟を水田が侵蝕している境界のあたりに、柳田は「天然と人間の交渉」の歴史をひもとく手がかりを認めていたのである。わたしはいつしか、被災地を歩きながら、「潟化する世界」というイメージに浸されているように感じた。それはいわば、ひとたび近世以降の開発によって水田化した潟や浦が、津波に洗われてまるで先祖返りするように干潟に回帰してゆく姿を前にしての、ある怖れと戦きによって生まれてきたものだった。

司馬の「秋田県散歩」を通奏低音のように流れていたのは、この潟をめぐる歩行と思索であったのかもしれない、と思う。それはたぶん、秋田空港に降り立った司馬が、象潟の蚶満寺を訪ねてみようと決めたときに、ひそかな通奏低音となったのである。

「植民地?」と題された章は、いくらか肌触りが異なっている。ざらざらする。

＊

たまたま手に取った、会員制によって有識者たちが維持している県の総合雑誌には、「植民地化しつつある秋田をどう考える」という匿名の座談会が掲載されていた。この「植民地化」という言葉に、司馬が意外なほどに過敏に反応したのである。

いったい「植民地化」とは、なにを意味しているのか。地元の人たちによれば、スーパーをはじめ中央から秋田県に進出している企業が、全部ではないにせよ、同じ従業員でも本社からやって来た人と、現地採用の人とのあいだに、給与の格差をつけている。それを「植民地化」と呼んでいるらしい。しかし、司馬によれば、本社採用と現地採用のあいだに、給与や身分の面で高低をつけるのは、昔からどこでもおこなわれてきた慣習である。それを「植民地化」と呼ぶ。個人的な憤懣としてならいいが、それが県ぐるみとなれば、地域ナショナリズムの次元へと跳ねあがり、「植民地化」という大袈裟な言葉が使われても不思議でなくなってしまう。個人感情が県民感情にすり替わるのである。

それにしてもいやなことばだと思いつつ、何がいやな感じなのかを考えてみた。たとえば私は大阪の東郊に住んでいる。駅前にスーパーが二軒あって、一軒は東京資本である。売場にいるのは、パート契約による地元の主婦たちだが、彼女たちに、会社に対する個人的な不満がたとえあっても、それを別次元に転化させて、〝大阪府は植民地にされている〟とは言うまい。

またアメリカやイギリスに進出している日本企業の場合も、そこに雇われた地元の個人たちにとっては、一つの働き場所を得たというだけのことにすぎまい。個人が、自分の雇用条件についての不満を、いっせいに地域問題に変え、〝日本に植民地化されている〟と言うはずがない。民族そのものが植民地人として、人権その他の権利を制約されているわけではないからである。(「植民地?」)

たしかに、たかが現地採用が本社採用よりも給料・身分において格差をもうけられている程度のことに、「植民地化」だなどと騒ぐのは、どこか違和感が拭えない。司馬のあげている事例などもっともすぎて、反論のしようもない。先の雑誌の座談会に出席した人たちは、次のように「植民地化」という言葉を使っていたようだ。たとえば、中央からの企業進出によって、地元企業が次々に潰れてゆく。それは客観的にみると、わが秋田は経済局面で植民地化されつつある、といえる――。この「植民地化」がなぜ悪いかといえば、失われるものがある、地域性とでもいったものだ――。あるいは、なにが失われているかといえば、地域の蓄積が失われる。給与で得たものが消費のかたちで吐きだされて、地元に蓄積されずに中央へ流れていってしまう、そういう構造がある――。

冷静な議論のなかでは、「植民地化」という言葉はそれなりに広がりをもって使われているようだ。司馬はいくらか納得して、それでも、次のようにいわずにはいられなかった。

> このように読んでくると、植民地化ということばをつかうことの好悪（こうお）はべつとして、秋田県人が、中央の企業進出を〝植民地化〟として半ば自虐的にとらえるのは、むりからぬことかもしれない。
>
> 大まじめにいえば、本来、その母国が植民地化されるというのは深刻なもので、ちょっとした比喩としてつかわれる場合と本質的に異なっている。だから、できればたとえとしても軽々（けいけい）につかうべきではない。
>
> しかし、反面、秋田県なればこそ、かるいユーモアとして使えるともいえる。藩政時代からこの県は、鉱山をふくめ、広大な水田と商品性の高い森林をもち、それに依存してきた。そういう歴史地理的背景があればこそ、雑誌のタイトルとしても、このことばが生命を帯びてくる。むろん、かつてはそれだけいい土地だったということなのである。
>
> （同上）

まっとうな、そして穏やかでもある大人の批判だ、と思う。「植民地化」などという、いらぬ不安や反感を呼び覚ます言葉は、できれば使わないに越したことはない。ユーモアをからめて使うには、やはり深刻にすぎる言葉でもある。それにもかかわらず、なぜ、そうした言葉がときに顔をのぞかせるのか。秋田ばかりではない。そこには、もしかすると東北に固有の、なにか歴史的な背景が隠されているのではないか。

ここでは、あえて注釈的に私見を言い添えておきたい。

ひとつは、歴史のなかの「植民地」問題である。千年前の東北はあきらかに、大和王権によって「征討」の対象とされ、強大な軍事力をもって植民地的な状況に追いこまれている。古代東北の蝦夷(エミシ)と呼ばれた人々は、それ以来、風土に抗うかたちで大がかりな稲作への転換を進めながら、しだいに「王化」のもとに組みこまれていった。このあたりは、司馬の東北語りに共感を覚えてきた。しかし、その先がある。大同年号(八〇六〜八一〇)とともに、東北のあらゆる歴史語りがはじめられるようになったとき、蝦夷は歴史を奪われた民となった。『遠野物語』のなかに、その痕跡が隠されている。そこでは、「蝦夷＝エゾ」は先住異族をあらわす記号であった(拙著『遠野／物語考』を参照のこと)。そして、柳田の物語りした「中世のなつかしい移民史」を受け容れたとき、東北の民は縄文以来の歴史を封印し、北日本に暮らす日本人の分かれとして、みずからのアイデンティティを物語りするようになった、ということだ。

東北の縄文人たちの末裔としての蝦夷が、すべて津軽海峡のかなたに追われたり、根絶やしにされたといった痕跡はまったく確認されていない。大きな民族の交替はなかったのだ。

いまの東北人はあきらかに、縄文系の蝦夷と弥生系の人々との雑種・交配の所産である。その意味では、司馬が語った蝦夷イメージは、近年の研究成果をもって再検証されねばならないはずだ。蝦夷がすべて、西から移り住んだ日本人の分かれであれば、そこに「植民地」やら「民族問題」が生まれてくる気遣いはない。しかし、東北はきっと、いまだに歴史のなかの「植民地」や「民族問題」の影をよじれたかたちで引きずっているのである。あらためて東北紀行の最終章で触れることになるだろう。

いまひとつ。じつはわたしは、東日本大震災のあと、くりかえし、「東北はまだ植民地だったのか」と発言してきた。東京で使う電気やエネルギーを、遠く離れた福島の原発が供給しているというきわめて中央集権的なシステムのなかに、ある種の「植民地性」が見え隠れしていると感じてきた。あるいは、やはり震災後に、東北は日本の製造業の拠点であるという物言いに出会って、違和感を覚えずにはいられなかった。村のプレハブ工場のなかには、時給が三百円にしかならない、下請けの下請けのさらに下請けの労働現場が転がっていた。わたしはそこにも、「植民地的」な状況があると感じている。

わたしは、あえて挑発的に、たんなる比喩であることを越えて、ある種の異化効果を託して、「植民地」という言葉を使ってきた。この忌まれる異物のような言葉が投げこまれることによって、むき出しになる現実がたしかに存在するはずだ。わたしはけっして、「半ば自虐的に」使っているわけではない。確信犯であることを隠す必要もないだろう。

東北の武士たちに捧げられたオマージュとして

じつは、はじまりの「東北の一印象」の章には、東北人や、それを生身で知る人たちにはいくらか面映ゆいような一節があった。井上ひさしに触れながら、「東北人にしばしば見られる高度の市民感覚とか、精神の貴族性」といったものが指摘されていた。そのうえで、明治・大正・昭和に活躍した著名な東北出身者が紹介されている。陸羯南、原敬、高橋是清、狩野亨吉、内藤湖南、である。これらの人たちからは、共通の印象が浮かぶという。透きとおった怜悧さ、不合理なものへの嫌悪、独創性、精神の明るさ、独立心、名利のなさ、我執からの解放といったものだ。かれらには、「明治の薩長型のように、閥をつくってそれによって保身をはかるというところがいっさいない」とされる。

そうかもしれない。精神の貴族とでも呼べそうな東北人は、たしかにいる。それにしても、これだけの傑出した人々を並べてやれば、たくさんの美しい資質を導きだすことはむずかしいことではない。それはしかし、そのままに東北人一般に広げられるべき性質のものではない。あたりまえのことだ。

ところで、「海辺の森」という章の冒頭には、こんなそそられる言葉があった。すなわち、「江戸期の武士のほとんどは貧しかった。おのれの境涯に堪えることと、富むことをねがわず、貧しさのなかに誇りを見出し、公に奉ずる気分がつよかった。そのことが、明治への最大の遺産になった」という一節である。たいへん示唆に富むものだ。わたしたちのなかにはどこかで、武士階級について、野蛮で傲慢な、百姓や商人に寄生する武装集団といったイメージが根づいているのではないか。そうではなく、近世の武士たちは清貧と禁欲をおのれに課して公に奉仕する人々であった、そう、司馬は述べているのだ。わたしが興味をもつのは、先にあげられた人たちがみな、おそらくは藩士かその末裔ではなかったか、ということだ。確認はしていない。

「海辺の森」の主人公は、まさに秋田藩佐竹家につかえる侍であった。栗田定之丞という。ここにも、ほとんど一編の短編か、中編小説の構想メモが示されてあったといっていい。

定之丞は十五石取りの、士官というべき身分であった。しかし、それだけでは食ってゆけず、御金蔵の御物書という役にありつき、お役料をもらっていた。その後、藩が海岸につくった見張番所につとめて、いわば番人の職にありつくことになる。そこでは、ついに外国船は見なかったが、飛砂を見た。この飛砂が耕作地を侵していることに、恐怖を覚えた。そこで、ずいぶんと研究を重ねて、植林防砂という方法を思いついた。とはいえ、どのようにして砂地に森林をつくることができるか、具体的な方法はなかった。砂留役にしてもらい、数十キロにわたる海岸砂丘を歩きつづけた。「砂という飛ぶもの、動くもの、走るものこそ、かれの後半生を物狂いにさせた」のである。ちなみに、まさに、この飛砂をテーマとした安部公かったか。

房の『砂の女』の舞台となったのは、海沿いに数十キロ下って山形県に入ったあたりではなかったか。

しかし、藩は冷淡だった。なんの支援もなく、たったひとりで二十里の海岸砂丘に向かい合わねばならなかった。農民たちはどれだけ頼んでも、藩からの賃金なしには働こうとしなかった。「だだ之丞」とあだ名された。駄々をこねると無賃(ただ)が掛けられたか。試行錯誤の末に、ようやく確実な方法を見いだした。八、九年にして、ぐみ・ねむの木・黒松などの植物が根づき勢いを得て、砂のうえにも植物が生えることを、藩も農民も知った。やっと農民たちがただで植林の仕事に出るようになった。

農民たちが、いかに栗田定之丞をいやがったか。農民たちは、「火の病(やまひ)つきて死ねよ」と罵ったらしい。火の病とは伝染性の熱病のこと、つくとは罹(かか)ることだ。熱病にでもかかって死にやがれ、ということか。しかし、定之丞は耳にも懸(か)けなかった。この男は砂の動くさまを知るために、寒中、ムシロをかぶって砂丘で寝ることも多かったのだ。農民たちは死にやがれと思いながらも、一揆を起こすわけにもいかなかった。ついには、定之丞の熱心さにほだされたのである。

定之丞の死後も、栗田方式の植林法によって、黒松が植えられていった。近世末期には、数百万本の松原が、秋田藩領の長い海岸を砂から守るようになっていた。これらの松原こそ、「秋田藩の長城」というべきものだった。この飛砂から村々を守ってくれる松原は、たんなる砂防林ではなかった。草木もよく育ち、燃料の柴や山萱も取れる。ぐみの実は女房・子どもによって収穫され、ぐみ売りで現金収入も得ることができた。村の砂丘地の松原のなかには、定之丞の死後、安政四（一八五七）年には神社が建てられた。いまも栗田神社として松林のなかに鎮まっている、という。

こうして、あらすじを書き抜いてみるだけでも、一編の魅力的な小説になっているかと思う。司馬はむろん、この栗田定之丞の「私」を捨てて「公」に殉じる姿のなかに、武士という存在の理想的なイメージを見てとったのである。これ以上はありえない、みごとな清貧と禁欲ではなかったか。秋田である。冬の海は荒れる。砂丘でムシロを身にまとい、砂の動きを凝視しながら、記録に書き留めている定之丞の姿は、おそらく鬼気迫る凄みを漂わせていたにちがいない。それが、明治以降の近代を創るための資源となり、財産になった。司馬はそれら武士の生きざまやモラルこそが、「明治への最大の遺産になった」と考えたのである。

*

こんな一節が「鹿角（かづの）へ」の章にみえる。

その前に、あやまった概念にふれておかねばならない。東北は後進的だとする考え方である。すくなくとも江戸期の学問の水準でいえば、この概念は何の根拠もない。

このこともついでに言っておかねばならないが、学問以外でも、東北における言語文化は、他地方に対して大きな峰をなしている。江戸期の随筆として「秋田叢書」があるように、南部（岩手県）には「南部叢書」がある。「南部叢書」を読むと、この地から明治になって、石川啄木や宮沢賢治を出したのは当然という思いがする。

さらに言語文化でいえば、明治・大正期、言語を学問とする二人の巨人を出した。『大言海』の大槻文彦（一八四七〜一九二八）は仙台人であり、アイヌ語研究の金田一京助（一八八二〜一九七一）は南部人である。

東北は文化的な意味合いで、けっして後進地域ではなかった。学問においても、言語文化においても、東北諸藩がほかの地方と比べて後進的であったとはいえず、むしろ先んじていたところが多くあった。そう、司馬は指摘するのである。東北に向けての同情に満ちたエールにすぎなかったのか。その判断はいまは措く。とはいえ、こうした司馬のような東北観は、西の文化人のなかでは圧倒的な少数派のものであることは、あえて指摘しておく。

むろん、あきらかに濃淡はあった。山形県ひとつをとっても、海側の庄内／内陸の山形・最上では、その文化的な蓄積は天と地ほどの開きがあった。当然ではあるが、領主の交替がくりかえされたような地域には、文化がしっかり根づくことはむずかしい。教育もまた、継続の成果であった。それゆえ、近世の会津藩などが、全国でも数本の指に数えられる教育・文化の先進地域であったことは、なんの不思議もなかった。次の東北紀行、「白川・会津のみち」のなかで、やはり司馬その人が指摘していたところだ。戊辰戦争以降、敗者の精神史を背負わされることになった東北からは、多くのよき遺産が剝奪されてきたのかもしれない。そういえば、ここにぽつりと、石川啄木や宮沢賢治の名前が姿をみせていたことに、眼を留めておくことにしよう。

さて、司馬はいま、鹿角出身の歴史家・内藤湖南について語ろうとしている。「鹿角へ」の章である。たとえば、出羽と陸奥というふたつの潮流がぶつかって渦をまいているところがある。それが、秋田県の東北角にあたる鹿角郡のあたりだ。その鹿角郡は、近世には南部藩領に属していた。明治四年十一月になって、あらためて秋田県にもどった。「こういう風土から、ふたつの風土を越えた――日本離れした――人物が出そうである」と、司馬は書いた。このとき、頭にあったのが内藤湖南（一八六六～一九三四）である。なぜ、内藤湖南のような、当時の日本の学問・思想状況のレヴェルから突き抜けた眼光の所持者が、この地から出たか。それが司馬の抱えたテーマだった。

内藤湖南は秋田県鹿角郡毛馬内（けまない）に生まれた。南部藩士の子として育った。学問においても、この地は秋田藩佐竹氏の学風とは異なり、南部藩の学問だったという。朱子学を認めながらも、かならずしも朱子の説にはしたがわず、荻生徂徠の学派に似た実証主義の方向性をもち、

「折衷学派」と呼ばれた。日本独自のものであった。

このあたりは、民俗的にもたぶんに南部藩の風習をもっていると、司馬は指摘していた。六年ほど前であったか、内藤湖南の事蹟を知るために、鹿角市毛馬内を訪ねたことがある。生家跡や菩提寺を巡り、鹿角市先人顕彰館では資料を眺めて過ごした。そのとき、はじめての女性の民俗学者として知られる瀬川清子がまさに、この地の出身であることを知った。のちに、ここで瀬川の特別展が開催されたときにも訪ねている。瀬川清子はもっと評価されていい民俗学者だと思う。あらためて、毛馬内はたいへん不思議な土地である。知における未踏の曠野の開拓者たちを輩出した土地であった。

それはたぶん、この地に「チョーテキ」という言葉が影を落としていることと、無縁ではありえない。司馬によれば、いまではほとんど死語に近いが、「朝敵」と書く。天朝（＝天皇の朝廷(みかど)）の敵ということだ。「人民の敵」といった言葉と同じように、正義体系(イデオロギー)が製造した言葉である。それゆえ、イデオロギーの流行が去ってしまえば、たちまち意味すら忘れられる。水戸学という正義体系こそが、朱子学の尊王攘夷を濃密に相続しつつ、それを尺度としてのみ「朝敵」という言葉を創りだしたのだ。そう、司馬は述べている。「朝敵」と名指しされた東北の孤高の精神たちが、未踏の曠野へと向かわざるをえなかったことには、避けがたい必然があったにちがいない。

ここで、正義を掲げる体系こそがイデオロギーという言葉とまっすぐにつながれていることに、注意を差し向けねばならない。そこに、司馬遼太郎という思想を読み解く鍵のひとつが隠されているはずだ。司馬の正義嫌い、イデオロギー嫌いは、ここにもあらわであった。会津紀行のなかで、そうした司馬の姿がまっすぐにさらされるのを、わたしたちは目撃することだろう。

さらに、司馬は書いている。幕末であった。奥羽諸藩は、遠い京都の動きに鈍感だった。さまざまな経緯があって、かれらは奥羽越列藩同盟を結んで、薩長の官軍と戦うことになった。戊辰戦争である。無惨に敗北を喫した。その間、いちはやく列藩同盟から離脱し、官軍に味方したのがほかならぬ秋田藩であった。津軽藩は両天秤にかけて態度をあいまいにした。仙台藩ははじめ反官軍だったが、途中で腰が砕けた。大藩としては、ひとり南部藩だけが同盟に忠実でありつづけて、愚直にも「朝敵」になった。南部藩はだから、さっさと離脱した秋田藩を憎んで、その背信をなじったばかりか、秋田藩領に攻めこんだ。結果として、南部藩は敗け、鹿角も敗者の側に追いやられることになる。鹿角は仲がよかった隣りの大館町を焼きはらい、敗者となり、さらには「朝敵」となったのである。

司馬は「鹿角へ」のおわりに、「内藤湖南の成立には、そういうなにやらがありそうである」と書いた。ふたたび、湖南が登場するのは、秋田紀行のフィナーレ近くであった。「ふるさとの家」の章のなかに、湖南の「我が少年時代の回顧」からの引用がみえる。そこに、「その中(うち)に、南部藩は朝敵であるとの理由の為に、領地は削られ、鹿角の士族は一時皆百姓になり下つた。藩主がゐなくなつたので、百姓とも士ともどつちともつかぬ身分に落ちぶれた」とある。「朝敵」の末路はここでも厳しいものだった。百姓になり下がった、落ちぶれた、という自己認識はいかなる意味を帯びていたのか。この章のおわりに、湖南の人柄について、司馬は「浮世については淡白で、ほとんど脱俗に近かった」と書いていた。朝敵ゆえに、であったかもしれない。

秋田紀行のフィナーレに近く、司馬はこんなオマージュを捧げている。

湖南は世界の古今をおおう感覚をもっていた。しかも資料の選択にはじつに厳密だった。その透きとおった合理主義と、鍵盤の多いピアノのような知的感受性はたえまなく卓越した〝勘〟をうみだした。

湖南の雑談はたとえ五、六分でも宝石のような創見にみちていたといわれる。それらを後人の私どもは知ることができないが、もし遺漏なくそれらが活字になっているとすれば、日本文化史上の一大盛観であったにちがいない。（蒼龍窟）

司馬は湖南について、「あるいは数世紀に一人といえるかもしれない碩学（せきがく）」（「湖南の奇跡」）と書いていた。その書はなだらかで、肩ひじを張った自己顕示もなく、攻撃性もない、という。先人顕彰館で眺めた湖南の書は、たしかにやわらかく、おおらかなものだった。ともあれ、これほどに、歴史家・内藤湖南にたいして、司馬があたえた評価は突出して高いものだった。わたしもまた、湖南はこのまま埋もれてゆく歴史家ではない、いずれ再評価の季節がやって来るだろうという、たしかな予感を抱いている。

*

いまひとり、司馬の思い入れが深かったのが、やはり歴史家の狩野亨吉（一八六五～一九四二）である。「狩野亨吉」と題された章など、この狩野亨吉にかかわる再発見のエッセイとして記憶されるべきものかもしれない。

亨吉は秋田県大館町に生まれた。ここは秋田藩領であり、本藩の出城としての城館があった。隣りする南部藩領の鹿角には、南部藩の出城があった。戊辰の折りには、鹿角の軍勢によって攻められ、大館の町はその三分の二以上を焼かれた。このとき、鹿角側からは内藤湖南の父が、大館側からは亨吉の父が従軍している。明治二年、五歳のときに、父から家禄を分けてもらい分家した。石高は二十五石だった。亨吉はまさしく、「最後の武士」だったのである。そう、司馬はある感慨とともに書いた。

市街地にかすかに小高い場所があった。司馬は地形から見て、かつての三の丸の跡にちがいないと思いながら、歩いた。たぶん、こうした地図を片手に、地形を読みながら歩くということは、司馬の旅の作法として特筆されるべきものだ。バラ園の門柱に、「狩野良知・亨吉

父子　生家の跡」という銅版がはめ込まれてあるのを見つけた。それが故郷にわずかに残された、狩野亨吉の痕跡であったか。大館の町を歩きながら、司馬はしきりに亨吉について思いを巡らす。明治三十年代、官を辞して、古書の山に埋もれつつ、亨吉が幾人かの知られざる思想家を発見したことは、明治の偉業のひとつだと、司馬はいう。そのなかでも、もっとも数奇であったのは、ほかならぬ安藤昌益の発見であった。幾重にも偶然が重なっていた。

ともあれ狩野亨吉こそが、まさしく安藤昌益の発見者だったのである。明治三十二（一八九九）年のことだ。亨吉は古書店をつうじて、昌益の『自然真営道』の稿本を入手したのである。まったくの偶然であった。世に昌益を知る者はいなかった。昌益は八戸の町医であった。町医としてだけ世間とつきあい、あとは自分を晦ましていた。その著述のなかでは思想を語るのみで、自分を語ることはなかった。だから、生地すらわからなかった。戦後になって、研究者たちがようやくにして、昌益がこの大館の地で生まれたことを突き止めた。晩年には、八戸から生家にもどって病死した。墓もあった。むろん、亨吉には知る由もないことだった。

「奇人・変人と呼ばれかねない無名の学者が、明治の村々や市井に多くいた」と、司馬はいう。むろん、近世の村や町にもいたにちがいない。昌益ほどの思想家が何人もいたとは思われないが、その発見はいずれ、後世にあらわれるもうひとりの奇人・変人によってなされるほかなかったのかもしれない。

昌益の著述は、すべて漢文で書かれていた。それもとびっきりの悪文だった。用語なども典拠を踏まえない自家製の言葉が頻出するし、さらには漢文の初歩的な文法まで無視して書かれていた。いわば、言語表現のうえでの無茶者だったのである。だからこそ、安藤昌益という思想家は、「狩野亨吉ほどの人の眼識をくぐらねば、評価されなかった」し、発見されることもなかった、と司馬はいう。とんでもない悪文のなかに、未知なる可能性の種子を感じ取り、その思想の見えにくい本義を汲みあげて評価するというのは、たやすいことではない。いや、まさしく奇跡のような業（わざ）であった。

さらにいえば、昌益の思想ははちきれるほどにふくらんで、噴火をつづけている。それを表現するのに、自分の言語的な陶冶（とうや）を待つなど、こういう天才にとっては無意味で、じれったく、どうでもよかったはずである。地殻を破って爆発しているのに、表層の整理整頓などかまっていられないという気持があったのに相違なく、ここに徹底的な独創者としての暴力的なばかりの粗野さがある。

そうかもしれない。ここには、徹底的な独創者としての、それゆえの暴力的といっていい粗野さがあふれていた。言語的な熟成などつまらぬことだった。それだけに、読み解こうとする者にとっては手ごわすぎる難物でもあった。亨吉はこれを読んだ。その全貌を発表するのに二十九年の歳月を要した。昭和三（一九二八）年、数えで六十四歳になっていた。岩波講座『世界思潮』が発表の媒体になった。亨吉は後世にたいして無欲だった。著作を遺して名を留めることなど、身震いするほどいやだったらしい。まさしく「含羞の人」であった。だから、遺文がすくない。亨吉の「安藤昌益」という論文は、分量としてはとても著書一冊にならないが、亨吉としては長いものであった。現世と後世に、安藤昌益という存在を残したかったのだ、そう、司馬は推測を巡らす。

昌益は狂人ではなかったか、そんな疑いすら亨吉は抱えていたらしい。しかし、論文の隅々まで神経がゆきとどいている、気くばりがある、たいへんな正常人だ、と亨吉はみた。昌益は思想家として自己をきちんと限定していた。きわめて劇烈なアジテーションをはらんだ思想を語った。が、実践者ではなかった。本を公刊することもなかった。自分の思想が身辺の弟子たちに理解されればそれでいい、と考えていた。もっとも弟子は八戸だけでなく、江戸・京都・大阪などにもいたことが、いまはあきらかになっている。

司馬はここでは、亨吉に仲立ちされて、安藤昌益を再発見しようとしていた。昌益は『自然真営道』のなかで、くりかえし「百年のちの人に読んでもらう」と書いていた。昌益の叙述の底にある豪胆さについて、亨吉は「敢然（かんぜん）決死の態度」と表現している。決死の人であった。つねに、まっすぐに、おのれの死を覚悟しつつ語っていたということか。そのうえで、亨吉は「安藤昌益」という論考のなかでは、こう述べていたのである。すなわち、昌益は「純粋なる平和主義の人」であった、平和を唱えながら、すぐに腕力に訴えるような族ではなかった、昌益はつねに、「我道には争ひなし。吾は兵を語らず、吾は戦はず」と語ったのだ、と。そうして興味深いことに、司馬はその生き方や著述から、亨吉について「まことに武士という印象」を受け取っていたのである。亨吉自身が、みずからを武士として律していた、ともいう。

司馬はこう述べていた。

亨吉は「武士は封建制度の作り出した最高の産物」(「安藤昌益」)であるとした。これは武士階級という意味ではない。

だから、階級としては農民の出で、しかも武士を不耕の者としてののしった昌益に、高度の武士を見出しているのである。昌益には武士のいさぎよさがあり、また「互性活真」(昌益の造語)の剣をふところにしながらも、これを撫するのみで、決して人に斬りつけたりはしない、と亨吉はいう。昌益には武士のゆかしさがある、というのである。亨吉が、大正・昭和初期の左翼運動家の非武士的な言動をひどくいやしんでいた形跡が、前後の文章に出ている。(「昌益と亨吉」)

狩野亨吉論としても、また安藤昌益論としても、司馬のまなざしの個性が抜きんでている場面である。亨吉その人が、生きざまにおいて、著述において、まことに武士であった。そして、その亨吉が、安藤昌益という農民出身の「苛烈なほどの無政府主義者」にして、農本的な原始共産制の提唱者のなかに、「高度の武士」や「武士のいさぎよさ」、そして、「武士のゆかしさ」を見いだしていたのである。

あらためて、武士とはいったいなにものか。武士とは、懐にどれほど劇烈な現世批判の思想という刀を抱いていたとしても、その刀を抜くことはなく、ひたすら清貧と禁欲に堪え、世のため人のために黙って働く者をこそさしていたのではなかったか。秋田の海岸に森をつくった栗田定之丞を想い起こすのもいい。そこにも無私にして、ただ静かに経世済民のために働く武士がいた。透きとおった怜悧さ、不合理なものへの嫌悪、独創性、精神の明るさ、名利のなさ、我執からの解放――。司馬がすぐれた東北人のなかに認めようとした、美しきモノたち。あるいはそれは、敗者の精神史を背負った東北の武士(もののふ)たちに捧げられた、司馬によるオマージュであったのかもしれない。

*

ともあれ、秋田の北に位置する、大館という山あいの小盆地が、安藤昌益と狩野亨吉という、ふたつの、とびっきり独創的な「大きな精神」を生んだのである。しかも、その隣り町の鹿角からは、内藤湖南が生まれている。

司馬は、「独創こそ、亨吉の志だった」という。亨吉は著述家ではなかった。ただ、その事歴において独創家であった。安藤昌益という無名の独創的思想家を埃のなかから見いだした。また、内藤湖南という、生きて世間に存在しながら、世の人々が学者として認識しなかった人物を京都帝国大学に招いた。いずれも、まさしく独創的な事歴であった。そういえば、湖南もまた、若いころに、江戸中期の無名の思想家・富永仲基（なかもと）や江戸後期の山片蟠桃を発見した人であった。「仙台・石巻」という紀行のなかに登場していた山片蟠桃の名前に、思いがけず再会することになった。ところが、湖南はみずからが、二人の思想家の発見にかかわったことなどすっかり忘れてしまった。功名心はいたってすくなかったのである。

狩野亨吉、内藤湖南、そして、『日本中世史』によって、はじめて日本史のなかに「中世」という概念を持ちこんだ原勝郎（一八七一〜一九二四）。この三人の傑出した歴史家たちは、南部と秋田とが交錯するごく狭い地域に、ほとんど同時代者として誕生している。しかも、それぞれに狭い風土などはるかに超える大きな仕事を残した。それは、いったいなぜか。「今後の文明史的な東北論が出るのをまたねばならない」と、司馬はひとつの呟きとして書きつけた。

最後に、鹿角市毛馬内の内藤家を訪ねて、秋田の旅はおわった。坂をのぼって、十和田湖畔に達した。湖南という名前の背後にひそんでいた、神秘的な色合いの湖。その対岸は、津軽の山々である。司馬はまた、小さく呟いた。「三藩それぞれ人文を異にしている。この多様性について、ふとスイスになぞらえてみたくなった」と。

第五章　白河・会津のみち——福島県中通り〜会津

なんといっても、東北は偉大なのである。たとえば江戸・明治期以降、政治・軍事・科学・人文科学・芸術の面で巨人を輩出してきたが、そういう頭脳の輩出地にしてなお距離論という単純なことから、自己の哀歓をきめねばならないのだろう。（「奥州白河・会津のみち」）

「奥」の地政学の見えない呪縛のなかに

ここでも、はじまりの一行から。

平安朝の貴族・文人が、奥州——みちのおく・陸奥（むつ）・おく——に対していかにあこがれたかを理解せねば、かれらの詩的気分が十分にわかったとはいえない。

「奥州こがれの記」と題された章が、はじめに置かれた。またしても歌枕論である。偶然ではない。司馬遼太郎は上方の人である。「関東と奥州と馬」の章には、こんな言葉がみえていた、「東北は、東京ではときに田舎の代表格にされたりするが、上方ではそうではなく、奥州のイメージは不鮮明で、なお『古今和歌集』の陸奥あこがれの文化遺産がつづいているともいえなくはない」と。こういうことであったか。東京には、東北出身者があふれている。生身の付き合いをとおして、東北や東北人のイメージが形成されたり、変化を蒙ったりする場面はあたりまえに転がっている。ところが、京都や大阪あたりでは、めったに東北出身者と出会うことすらない。これは司馬自身がくりかえし語っていたところだ。だからこそ、そこではるか千年の時を越えて、たとえば『古今和歌集』に見られるような「陸奥あこがれの文化遺産」が生き残ることが可能だったのではないか。

奥州にたいするあこがれという「詩的気分」は、古代・中世に都でつくられた歌枕の伝統なしには理解しがたいものだろう。むろん、東京あたりであっても、東北が詩的に語られることがないわけではない。たとえば、そのときにはきまって、宮沢賢治が定番のように引っぱりだされるにちがいない。歌枕といえば、「イーハトーヴ」や「イギリス海岸」、「なめとこ山」などはすでに十分に、現代の歌枕としての働きを引き受けているのかもしれない。ともあれ、古い歌枕とともに東北が詩的に語られる場面といったものは、東京あたりでは想像するのがむずかしい。すくなくとも、東京は関西よりも東北に近いのである。距離こそがあこがれの源泉である。

歌枕論とは、東北、いや道の奥＝みちのく（または、未知のくに）との距離をはかる作業である、といってもいい。いわば、歌枕には距離の遠さ、隔たり、それゆえに掻き立てられる異郷趣味などが絡みついており、それを読みほどくことが歌枕論の本義となる。司馬の語るところにしたがって、歌枕の原風景に眼を凝らしてみたい。

司馬によれば、源融（みなもとのとおる）（八二二～九五）こそが、陸奥（みちのく）好きの第一世代の代表格である。この人が「河原大臣（かわらのおとど）」と呼ばれたのは、たいへん風雅な庭園として知られた別荘河原院をいとなんだためらしい。河原院は京における「小さなみちのく」だった、という。奥州塩釜の景色を移してつくられたものだったのである。河原院は、そのころ京の都の文人墨客たちがあつまるサロンであり、人々はみな、この庭園を前にして、み

ちのくの山河こそ風雅の源泉であることを知った。源融はこの河原院の方八町の邸内に、鴨川の水を引いて池としており、毎月、わざわざ塩水をはるかな難波から運んできて塩を焼かせた、という。招かれた人々は、奥州塩釜の浦に見たてた池のほとりから、塩を焼く煙がたちのぼるのを眺めて、あたかもわが身の奥州にある思いがしたにちがいない。奥州ブームのおこりは、河原院だったのではないかと、司馬はいう。

陸奥のしのぶもぢずり誰（たれ）ゆゑに乱れんと思ふわれならなくに（『古今和歌集』「恋歌」四）

みちのく趣味の源融は、当然とはいえ「信夫捩摺（しのぶもじずり）」を知っていた。奥州信夫の地（福島市、かつての信夫郡・信夫荘）は、乱れ模様の絹布を産した。その模様が、もじれて（もつれて）乱れたようにみえることから、都ではこれを「信夫捩摺」と呼んでいたらしい。融はその絹布の名を歌に詠みこむことによって、信夫の地名と捩摺の名を詩的レベルにまで高めた、と司馬はいう。後世、この歌は古典となり、信夫や捩摺などは、歌詠みにとってかならず心得ているべき固有名詞になっていった。信夫と聞けば、だれもが千々に乱れる恋の心にイメージを重ねた。それはもはやたんなる地名ではなかった。はるかのちの世になって、芭蕉もまた、「しのぶもぢ摺りの石」を尋ねて、信夫の里を訪れている。芭蕉が「平安朝の詞華史」につらなる、その末裔の人であってみれば、当然なことではあった。

あるいは、芭蕉は『おくのほそ道』の旅のなかで、白河の関を越えて檜皮(ひはだ)の宿(しゅく)（郡山市日和田町）を過ぎ、安積(あさか)山が見えるあたりまで来た。会う人ごとに、沼はどこにあるか、「いづれの草を花かつみとはいふぞ」と尋ねてまわり、日が暮れた。だれも知らなかったのである。都の人々は、そこを安積の沼と呼んで、その水辺に咲く花を「花かつみ」の名で珍重したらしい。とはいえ、都びとは花の実物を知らなかった。ひたすら「花かつみ」というイメージの美しさを愛したのである。そう、司馬は書いている。

＊

くりかえすが、平安貴族におけるみちのく趣味は源融からおこったと、司馬は想像していた。どのような時代であったのか。司馬が以下のように、坂上田村麻呂(さかのうえのたむらまろ)から説き起こしているのは、幾重にも示唆的である。

融の時代は、じつに古い。その生年の八二二年は、坂上田村麻呂（七五八～八一一）の死後、ほどもないころで田村麻呂の事歴や人柄が宮廷で語られつづけていた。

田村麻呂は奈良朝の天平の世に生まれ、平安初期に活躍した。

「赤面黄鬚(こうしゅ)にして、勇力人に過ぐ」といわれた天成の将領で、人柄が大きく、なによりも決断と仁慈に富んでいた。

ときにこんにちいうところの東北地方（陸奥と出羽）は、日本海地方の多くは古くから農業地帯になっていたが、内陸や太平洋岸には、縄文以来の狩猟・採集のくらしをするひとびとが多かった。

大和朝廷はこれを不安とし、ひたすらに農業と定住を勧めたが、これを不快とする反乱がたえまなく、とくに平安朝の開創者である桓武天皇のときに多発した。

その鎮撫の総帥（征夷大将軍）として宮廷武官の坂上田村麻呂がえらばれ、当時としては空前の大軍である四万という兵をひきいて八〇一年（延暦二十）陸奥にゆき、方八町といわれる胆沢（いさわ）城をきずき、また志波城を築き、ぶじ平定した。戦闘よりも、事理を説いて農業をすすめるというのが、田村麻呂の遠征だった。

田村麻呂の凱旋によって、奥州知識が都で氾濫したはずである。

そのことがすぐさま辺境へのあこがれになったとは思えないが、時がすこし経ち、源融が成人するころになると、説話として成熟し、醱酵して詩趣を帯びはじめたかと思われる。（「奥州こがれの記」）

みちのく趣味の第一世代が、まさに坂上田村麻呂による東北蝦夷の「征討」の余波のように起こっていることに、司馬はやわらかく注意を促している。田村麻呂がマツロワヌ蝦夷を平定し、都へと凱旋を果たしたときの都びとたちの熱狂のありさまは、おそらくわたしたちの想像を越えているはずだ。はるかな辺境の奥州にかかわる知識や情報が、口から耳へと伝わり、氾濫したにちがいない。いくらかの時間差をもちながら、それから二、三十年後には、みちのく趣味が「説話として成熟し、醗酵して詩趣を帯びはじめたか」という司馬の想定は、とても説得力がある。

坂上田村麻呂による蝦夷の「征討」(——むろん、司馬は周到に、このたぐいの言葉を避けている)は、古代東北の異族の地にたいする侵略戦争であった。五万とも十万ともいう軍勢を率いての、まさに征夷大将軍としての遠征であった。田村麻呂にはできるだけ武力に頼らず、「事理を説いて農業をすすめる」といった側面はあったらしい。だからこそ、蝦夷の部族連合を率いたアテルイは田村麻呂を信頼して帰順・投降したのである。しかし、京の都に連行されたうえで、アテルイは田村麻呂の約束に反して首を斬られ処刑されたといわれている。

ここで、宮沢賢治の詩「原体剣舞連(はらたいけんばいれん)」の一節を思いだしてみるのもいい。それはたしかに、司馬の関心の外にはあったが、東北からの逆照射としてなかなか興味深いものである。

むかし達谷(たつた)の悪路王
まつくらくらの二里の洞(ほら)
わたるは夢と黒夜神(こくやじん)
首は刻まれ漬けられ

ここに登場する悪路王は、アテルイの伝説的なメタモルフォーゼではないかと想像されている。すくなくとも、そのように信じられ、東北の人々のなかに語り継がれてきた。ただし、悪路王は田村麻呂に抵抗する、荒ぶる異族の頭（かしら）であり、その征討は正義の道行きとして語られるのがつねだ。征服者のヤマトの側を起点に創られてきた伝承である以上、あまりに当然ではあった。そして、それを東北の人々はなし崩しに受容しながら、どこかで違和感を拭うことができずに来たのかもしれない。

　賢治の先の詩などは、剣舞という少年たちの演じる勇壮な死者供養の民俗芸能のなかに、そうしたアテルイ／悪路王にまつわる歴史の闇を浮かびあがらせようとしていたのである。平泉近郊の達谷（たっこく）の巌（いわや）が舞台である。そこを拠点として、蝦夷の首長である悪路王は抵抗の戦いをおこない、田村麻呂に敗れた。その刻まれた首が漬けられてあったのは、たとえば京の都の四条河原あたりであったか。史書の片隅にほんの数行だけ姿を留めているアテルイが、そこに重ね合わせにされていたのかもしれない。

　いずれであれ、坂上田村麻呂による蝦夷の「征討」とともに、奥州は千年の植民地としての歴史を刻みはじめることになった。東北はいまなお、かぎりなく稀釈されたかたちではあるが、はるかな「植民地問題」の影を背負わされているのかもしれない。田村麻呂の凱旋から時を経ずして誕生してくる、源融のみちのく趣味が、絵に描いたような植民地主義の所産であったことを否定するのはむずかしい。

源融に発したみちのくブームは、しきりに歌の名所を訪ね歩いた藤原実方（さねかた）を経て、能因法師の時代になると、いよいよ盛んになっていった。

都をば霞とともにたちしかど秋風ぞ吹く白河の関（『後拾遺和歌集』）

能因のよく知られた歌である。都を出発した霞の春／白河の関に着いた秋風の吹くころ、という対比を楽しむ、きわめて単純な歌であった。数カ月外出せずに、日焼けした顔になって人前に出てきて、「ちょっと陸奥（みちのく）に行ってきました」といって、歌を披露したとか、『十訓抄』などでは揶揄されてもいるらしい。司馬によれば、能因は荘園をもつこともない身分の下級貴族であった。奥州の馬を飼っていたのではないか、という仮説もある。四十歳近くになってから、二度も奥州へ旅をしている。その旅は、馬の交易にかかわる実務的な旅であったかもしれない、ともいう。「平安時代も能因のころまでさがると、奥州は単に詩の国というばかりでなく、馬と産金を通じ、ひどく実利的になる」と、いくらか残念そうに、司馬は書いている。

*

都の人々にとって、奥州ははるかに遠い。清少納言の『枕草子』には、「はるかなるもの」

として、「陸奥国(みちのくに)へいく人、逢坂(あふさか)越ゆるほど」とみえる。「新幹線とタクシー」の章のはじまりには、こんな一節があった。

能因法師のその歌はとくにいい歌だとはおもえない。ただ春の霞とともに都を発ったが、白河の関についたときは秋風が吹いていた、というだけのことである。が、当時のひとびとにしてみれば、奥(東北)へのはるかさが、詩だった。遥かな旅程を、視覚と触覚でいいあらわしたみごとさが、たたえられたのだろう。

都びとにとって〝遥か〟はそれだけですでに詩であっても、当時の奥州人にとっては、そういう詩情はいやだったろう。

都/奥州のあいだには、まなざしの非対称性がくっきりと存在したのである。司馬はむろん、そのことに十分自覚的であった。都びとにとっては、奥州への遥かさが、その隔絶といってもいい距離こそが、詩の源泉であり、詩そのものでありえた。能因の歌など、それがすべてであるような単純(シンプル)な歌であった。それにたいして、辺境としての奥州に暮らす人々にとっては、遥かさとは当然ながら、都への地理的・物理的な遥かさをこそ意味していたはずだ。辺境からは、その遥かさこそが都への憧憬の源泉となりえた。みちのく人が都へと旅することがあったとすれば、大和王権にたいする貢納品としての米や布などを運ぶためか、防人(さきもり)として九州の大宰府へと赴くためであったか、どちらかであろう。壮麗なる都の景観は、ひたすら奥州を去勢するものとして立ちはだかったにちがいない。

いずれであれ、奥州は詩である、といった物言いそれ自体がいま風には植民地主義の所産ではなかったか。みちのく人にとっては、そうした一方通行的に寄せられる「詩情」は鬱陶しい代物であったにちがいない。「詩情」を寄せる側にその自覚があれば、まだ救いはあるが、そうでなければ救われない。この片想いは植民地の影を隠蔽し、辺境の人々を去勢する。わたしはかつて、それを辺境へのロマン主義と呼んでみたことがある。辺境に見いだされる野生的なもの、原初的なもの、無垢なものは、かぎりなく詩的な輝きに包まれながら、あこがれの対象となる。ここでは、西欧世界が日本の浮世絵や黒人美術を「発見」し、その「詩情」からあらたな芸術運動を展開したことを想起してみればいい。それはまさに、西欧による植民地主義がもたらしたものであった。オリエンタリズムの産物といってもいい。

司馬はここにいたって、ひとつの東北論を語ろうとする。距離論である。奥州から都のある奈良・京都・東京への距離が遠すぎるということで、自分たちは疎外されているという思いをもつのが東北だということだ。まことに愚かしく、低い議論である。断じてそうではない。「なんといっても、東北は偉大なのである。たとえば江戸・明治期以降、政治・軍事・科学・人文科学・芸術の面で巨人を輩出してきたが、そういう頭脳の輩出地にしてなお距離論という単純なことから、自己の哀歓をきめねばならないのだろう」と、司馬は慨嘆とともに述べたのだった。西であれば、だれも僻地だからといって拗ねたりはしないではないか。

司馬は念を押すかのように、あらためて「新幹線とタクシー」の章のおわりに、東北は「単独ですでに偉大」なのであり、東京への地理的な距離をもって自己の価値を決めねばならないような土地ではない、と書いた。むろん、東北を呪縛してきたのは、都からのたんなる距離的な遠さや隔たりではない。たしかに、鹿児島だって東京から十分に遠いが、その距離がよじれた疎外感を生むことはなかった。古代隼人は早くに、抵抗のホコを納めて大和王権に帰服した。そして、薩摩は戊辰戦争では勝者となった。

その薩摩は「奥」を冠して呼ばれたことはないが、奥州はいまに、道の「奥」というイメージを背負わされている。「奥」をめぐる地政学的なシンボリズムこそが、東北人の疎外感の根っこに絡みついているのではないか。司馬の語った、あこがれ／不鮮明なイメージという、ひき裂かれた東北観とはまさに、「奥」の地政学の所産ではなかったか。それは典型的なまでに、オリエンタリズムの見えない呪縛のなかに囲いこまれているのかもしれない。コンラッドの『闇の奥』という小説を想い起こしてみるのもいい。植民地的なアジアの「奥」に広がっている闇への畏怖と不安は、ときに反転して、あこがれの対象となる。おそらく、司馬には残念ながら、こうした「奥」の地政学に向けての関心は稀薄にしか見られなかったのではないか。

イデオロギーに支配されて、人間は幸福か

司馬はよほど、この芭蕉の句が気になっていたらしい。「風流の初や奥の田植歌」という句である。たぶん、触れるのは三度目であったか。

まことに、晴天がとどろくような句ではないか。

旧暦四月の陽のあつさや、新緑のふかまりまで感じさせるが、同時に、芭蕉の文学的決心までがこめられているらしい。歌の名所の奥州で自分の蕉風を確立させたい意気ごみが〝風流の初め〟ということばにこめられていて、それと、奥州の田植歌という鄙びという質の異るものとが、たかだかと対応させられているのである。

曾良の『旅日記』によると、芭蕉が須賀川の等躬の屋敷に入ったのが四月二十二日であった。その滞留中の二十四日、等躬の持ち田の田植がはじまった。

おそらく早乙女などが出てさかんなものであったろう。その情景と、右の句の発想と関係があったのかなかったのか、私にはわからない。（「二つの関のあと」）

この芭蕉が聴いたという田植え歌については、いくらかの関心がある。十七世紀の後半に

は、この須賀川の近辺では田植えのときに早乙女たちが出て、田植え歌とともに田植えをしていたのか。じつは、東北一円において、小正月行事としての田植え踊りが広く見いだされるのにたいして、田植えのときに早乙女たちが田植え歌を歌う姿はほとんど見られなかった、といわれている。

福島県内では、田植え歌が三つほど採集されている。民俗芸能の調査報告書によれば、岩代町（現二本松市）の広瀬熊野神社（二月六日夜）、喜多方市の慶徳稲荷神社（七月二日前夜の半夏生（はんげしょう））、会津高田町（現会津美里町）の伊佐須美（いさすみ）神社（七月十二日〜十三日）でおこなわれている神事のなかに、田植え歌が登場してくる（拙著『婆のいざない』を参照のこと）。芭蕉が実際にそれを聴いたのであれば、この近世前期のころの須賀川あたりでは、神社の田植え神事ではなく、名主クラスの農家の田植え風景のなかに田植え歌があったことになる。どんな田植え歌であったことか。いまとなっては確認することはむずかしい。なお、曾良の『旅日記』には、「廿四日　主ノ田植」とあるだけで、田植え歌については言及が見られない。

ともあれ、芭蕉が白河の関を越えて出会った奥＝みちのくの田植え歌こそが、「風流の初め」と名指しされていたのであった。いわば、鄙びたみちのく世界のなかに、白河以南と変わらぬ稲の風景を見いだして、芭蕉は心を揺さぶられ、風流を感じたのである。白河の関という境界を越えてつながっている、文化の秘められた相貌といってもいい。それは歌枕的な風雅のまなざしからは逸脱する、意外性がある、驚きがある。それにもかかわらず、いや、それゆえに、そこに「風流の初め」を認めたのである。それがいったい、芭蕉の「文学的決心」とどのようにかかわるのかは知らず、司馬のこだわりはなかなか興味深いものではあった。

この旅が、司馬にとっては、みちのく世界への入口の関のある地としての白河に足を踏み入れる最初となった。「二つの関のあと」の章には、以下のようにみえる。

> 上代の陸奥は、強悍をうたわれただけでなく、畿内政権に対して容易にまつろわなかった。
> 白河の関は、はるかな上代、畿内政権が陸奥の溢出（いっしゅつ）をはばむべく設けられた要塞だった。のち、単に通行のための関になり、平安後期ごろからは有名無実になった。
> 要するに、軍事施設であったはずの白河の関に、関の鎮めとして武神がまつられずに、古代第一等の美女衣通姫（そとおし）が祭神にえらばれたというのは、まことにやさしいことである。
> おそらく、要塞の意味をうしない、通関監視の必要性までうすれて、みやびた歌の名所になってから、歌の神である衣通姫がまつられるようになったのだろう。

それにしても厄介なことがあった。白河の関がいつ設けられたのかがわからない。そして、この名だたる関の跡が二カ所あって、そのどちらが古来よりの白河の関であるのか、これがまたあきらかではない。ひとつは「境の明神」と呼ばれる関の跡であり、いまひとつが白河の関址である。司馬は苛立っていた。どちらでもいい、ただ、白河とよばれたこの地のどこかに、白河の関というものがあったと考えるだけでいいと思いながら、歩いていて、「わずかな証拠を拡大解釈しての論争」というものの虚しさを感じた。平安時代の歌人たちがしきりに慕いあこがれたのは、いわゆる白河の関址であることを確信したのである。芭蕉が近世前期にここを越えたときには、草木や土砂に覆われて関の俤(おもかげ)はなかった。近年の発掘と保存によって、芭蕉が知ることのなかった関址の現場を見ることができるようになったのである。

じつは、白河の関址がどこにあったか、とりあえずの決着をつけたのは近世後期の松平定信であった。この定信についての評価が、脱線のかたちで語られた一節がある。ここでも、評価のモノサシとして、司馬ははっきりと重商主義的な歴史観を選んでいる。それはまったく一貫したものだ。

司馬によれば、定信はたしかに白河では名君だった。農業を善とし、商品経済を悪とし、前者を奨励し後者を抑えることで、民政を安定させた。藩士階級には徹底的な節約をすすめた。そうして、東北一円の飢饉のさなかに、領内からひとりの餓死者も出さず、その後は、灌漑工事をするなどして農業の基盤を強化した。定信はこの流儀でもって、天下の政治に臨んだのである。景気は死んだように冷えこんでしまった。日本国の首相としては、なにかが欠けていた。近世後期の日本は、いわば前期資本主義といっていい、「現代的要素を大量にふくんだ厄介な経済社会」であったにもかかわらず、定信の国家観や政治論は、古典的な朱子学から多くを出なかったし、政治という厄介なものを料理する天分はもっていなかった、という。厳しい評価ではあった。

＊

さて、「黄金花咲く」の章である。八世紀に発見されて九世紀に盛んになった奥州の産金こそが、天平文化のエネルギー源であり、平安朝において独自の日本文化が醸成されてゆくうえでも、基本的な条件になった、と司馬はいう。それは、金をほとんど産することがなくなった近世にも受け継がれていた。だから、浄瑠璃などでも、奥州という地名を強調せねばならないときには、「黄金　花咲く　陸奥」と声をあげたのである。それはまさしく、戊辰戦争のとき、西軍から「白河以北、一山百文」などといわれたこととは、対照的ですらあった。つまり、近世以前の奥州は、けっして貧しさや未開性などに覆い尽くされた後進地域ではなかった、ということだ。

ここで、司馬の戊辰戦争論の輪郭をたどっておきたい。「東西戦争」と題された章には、こんなふうに語られていた。東国／西国のどちらの勢力が日本列島の支配者となるか、という視座からの日本史のデッサンといったところか。

戊辰戦争は、日本史がしばしばくりかえしてきた〝東西戦争〟の最後の戦争といっていい。

古代はさておき、日本社会がほぼこんにちの原形として形成されはじめた平安末期に、西方の平家政権が勃興した。当然ながら、東方はその隷下(れいか)に入った。

それをほろぼした東方の鎌倉幕府が、西方を従え、関東の御家人が、山陰山陽から九州にかけての西方の諸国諸郷に守護・地頭として西人の上に君臨した。

南北朝時代は、律令政治を再興しようとした後醍醐天皇(南朝)が、いったんは関東の北条執権をほろぼしたから、一時的に〝西〟が高くなったが、結局は北朝を擁する関東出身の足利尊氏が世を制した。東方の勝利といえる。

織田・豊臣氏は西方政権であった。しかしそれらのあと、家康によって江戸幕府がひらかれ、圧倒的な東方の時代となった。

戊辰戦争は、西方(薩摩・長州など)が東方を圧倒した。

しかしながら新政府は東京に首都を置き、東京をもって文明開化の吸収機関とし、同時にそれを地方に配分する配電盤(デストリビューター)としたから、明治後もまた東の時代といっていい。

こうして日本列島の大きな歴史が、「東西戦争」という軸線に沿って語られてみると、東北からはある懐疑の声が発せられるかもしれない。東北はそういう意味合いでの「東」ではない、第三の一点である、という批判である。そうした力み方が東北にはある。これはひょっとすると、「東北人のひそかな楽しみのひとつである自虐性」、あるいは「高度な文学性から出た自家製の幻想」かもしれない。しかし、奥州は源頼朝以後、関東の後背地としてやってきたのだから、「東」に属すると、司馬はためらうことなく応える。

戊辰戦争について、概略が数ページにわたって示されている。その、ほんのあらすじを会津藩に焦点を絞って取り出してみる。――発端は、薩長による挑発だった。哀れだったのは会津藩主の松平容保である。江戸に帰った将軍慶喜は、容保を捨てた。明治維新は革命であった。革命には血祭りが必要だ。慶喜の首を刎ねれば、千万言を用いずして世が変わったことを満天下に知らせることができる。ところが、慶喜のほうが役者が上だった。慶喜は勝海舟に全権をあたえて、江戸を開城してしまった。そのために、新政府軍は慶喜という血祭りにするべき目標をうしない、結局は会津藩を犠牲の壇に乗せざるをえなかった。奥羽諸藩は会津藩に同情的であり、反薩長という感情のもとに奥羽越列藩同盟を結んだ。この同盟はしかし、徳川家への忠誠心という倫理を結束の芯にすることができず、せいぜい薩長への反感と会津への同情心というふたつの感情を共通項にしてまとまらざるをえなかった。敗北は必至であった、ということか。

司馬がここで、明治維新は革命であり、革命である以上は血祭りにするべき生け贄が必要だったと語っていたことに、わたしは関心をそそられる。たとえば、王権論に引きつけて、こんなふうにいえるだろうか。会津と、その藩主である松平容保はいわば、徳川慶喜が王殺しの生け贄という役割を放棄して逃亡したために、にわか仕立てに指名された偽王のようなものであったのかもしれない、と。会津がその役割をだれかに肩代わりさせることだけは、おそらくありえなかった。それは会津がもっとも嫌悪する選択であったにちがいない。

戊辰戦争のときの白河藩について、司馬はこんな指摘をおこなっていた。「戦場を貸しただけです」と、白河人はよくいうらしい。白河の庶民は、戦争のときは息をひそめて過ぎ去るのを待ち、戦闘がおわると、そのつど両軍の戦死者を埋葬したのだという。そして、それ以降の百二十年のあいだ、ほとんどが無縁仏になった戦死者たちの墓を守ってきたのである。司馬は白河について、「人情敦厚（とんこう）の地」と評している。じつは、幕末の白河藩は偶然ではあったが、藩主が不在のままに戊辰戦争を迎えている。それゆえ、白河は「庶民だけの天地」になっていて、戦いに参加することはなかった。ただ戦場にはなってしまったのである。司馬のまなざしは、ここでもしなやかに語られざる歴史の一端に届いていたのではなかったか。それにしても、その対極のように、会津藩が存在したことはいうまでもない。そうして、会津藩士の死者はあまりに多かったのである。

*

司馬が頑なに選びとっていたもののひとつとして、徹底したイデオロギーそのものへの批判精神があげられるだろうか。幾度か触れてきた。たとえば、「南朝」などはイデオロギーの言葉だという。すでに死語である「朝敵」という言葉、さらに、「尊王攘夷」なども、同様である。イデオロギーはひとたび時代が過ぎると、古新聞の政治欄よりも古めかしいものと化す、という。

司馬は、以下のようにイデオロギー批判を述べている。

> 哲学上のドグマとは、〝理性による批判をゆるさぬ教理・教条〟のことをいうらしい。
> あるいは、
> 〝無批判・盲目的に信仰される命題〟
> といってもいい。
> その絶対的教理のもとで構成されたものが〝正義体系（イデオロギー）〟と考えていい。ドグマもイデオロギーも、ざっとしたところ、同義語である。
> そういう一種類の概念で人間の思想から暮らしまで支配されることをのぞむ気質群が、いつの時代にもある。
> ドグマに支配されて、人間は幸福だろうか。
> 人間の幸福とはなにかということはむずかしく、顔がちがうほどに幸福の定義も、あるいは幸福を欲求する内容も人によってまちまちなのだが、近代に入って、それを仮りに絶対唯一のものにしようという思想が興った。

いわば、
〝幸福になるための正義体系（イデオロギー）〟
というべきものだった。（「関川寺（かんせんじ）」）

秋田紀行の片隅で語られていたイデオロギー批判が呼び返されている。司馬はまっすぐに、イデオロギーとは「正義体系」である、という。それは「理性による批判をゆるさぬ教理・教条」のもとで、絶対的な正義を分泌して、人々の意識を呪縛する。そうして、司馬はどこか唐突に、このイデオロギーによって「人間の思想から暮らしまで支配されることをのぞむ気質群」といったものが、いつの時代にも存在する、と述べていたのである。

それに続けて、司馬はひとつの深刻な問いかけをおこなう、すなわち、「ドグマに支配されて、人間は幸福だろうか」と。むろん、人間にとって幸福とはなにか、という問いを引き受けるのはむずかしい。そもそも幸福の定義も、求められる幸福の内容も人それぞれであり、ひと筋縄では捉えられない。ところが、この問いは、近代には奇怪な反転を遂げる。幸福それ自体を絶対唯一のものに仕立てあげる、「幸福になるための正義体系（イデオロギー）」がそれだ。それぞれが求める幸福の多様性よりも、その決定そのものをだれか他者にゆだねて、他者からあたえられた幸福という名の虚構（イデオロギー）に支配されながら生きることを願う人々が登場してくる。奴隷の幸福とでもいえようか。

それこそが、司馬遼太郎その人が厳しく退けようとしたものではなかったか。これはたぶん、司馬の思想的な構えとして、スタンスとして、核心をなすものであったはずだ。だから、明治維新が国民国家を創るための避けがたい革命であったことは認めるが、それを突き動かしていた正義体系（イデオロギー）としての「朝敵」や「尊王攘夷」の観念にたいしては、歯牙にもかけず冷淡であった。ドグマやイデオロギーに支配されることの悲劇が、その悲劇から比較的に自由であった少数者の側から浮き彫りにされる。そうしたまなざしは同時に、敗者の側にも差し向けられて、「東北人のひそかな楽しみのひとつである自虐性」に根ざした物言いには、はっきりと批判的であった。それが裏返された正義体系（イデオロギー）と化して、負のルサンチマンが東北の人々を縛り、駆り立てることを嫌ったのである。

ついに見えない中心、会津にたどり着いた

会津こそが、司馬の東北紀行の全体にとって、隠された中心の場所だったのではないか。司馬は白河で、東北は偉大である、とくりかえした。その奇妙な力み方のなかに、すでに司馬の会津にたいする熱い同情と共感とが透けて見える。その会津にしだいに近づいている。迂回しながら近づいてゆく。なぜ、白河から会津へと向かったのか。いきなり会津に入るの

をためらった気配が感じられる。白河でもどこでも、くりかえし会津について触れる。奥州においては、圧倒的に会津が先進地帯であった、会津盆地はスポンジが水をふくむように古くから西方の文明を受容し、とくに近世の会津藩の知的集積は大きかった、戊辰戦争における会津藩士の死者は、じつに多かった、といった呟きが道行きのかたわらに書きつけられる。まるで旅の栞（しおり）かなにかのように。

会津は見えない中心であった。やがて、会津の地にいたったとき、司馬はなにを見たのか、語ったのか。またしても、「会津は、東北じゃないんです」という声がこだましている。たとえば、「秋田県散歩」のなかに、こんなふうに登場していた。

いちど、ゆっくり会津盆地（福島県）を歩いてみたい。ただ会津については小説のなかでずいぶん書いてきて、会津人たちの跫音（あしおと）まできこえてきそうである。行けば自分にとっての歳月が逆行してくるにちがいなく、それは楽しくはあるが、気懶（けだる）くもある。

「会津は、東北じゃないんです」

と、むかし井上ひさし氏がいわれたことがある。むろん東北の本質を相手に悟らせるための修辞ではあるが。

会津は――いうまでもないが――地理的には東北である。しかしその伝統文化や住民の意識は中央だということであろう。

かといって井上さんは東北を、中央に対置される一地方とはみていない。古代以来ふかぶかと堆積した独立性のつよい文化をもつ地帯であると考えている。

司馬は思いがけず身構えている。小説のなかでは幾度も会津を舞台にしてきた。会津の人たちの発音まで聴こえるほど、愛着をこめて書いてきた。思い入れはまったく深い。深すぎて、歳月が逆行してしまいかねない。それは楽しげで、気だるい。こうした、いくらか告白めいた書きぶりそのものが珍しい。会津はやはり、特別な土地だったのである。そこに、冷や水を浴びせるように、井上ひさしの声がかぶさってくる、すなわち、「会津は、東北じゃないんです」と。井上の真意はわからない。地理的には東北であるが、その伝統文化や人々の意識は中央に向いている、ということか。

「奥州白河・会津のみち」の「新幹線とタクシー」という章に、ふたたび同じセリフが登場する。

古代以来もっとも早く稲作文化のひらけたところながら、会津盆地のまわりは大きな山にかこまれ、しかも気候の面では同県ながらＩ（福島県の浜通りと中通りをさしている――引用者による注として）とはちがい、西のほうの越後（新潟県）の影響をうけ、冬は豪雪地帯になる。

「会津は東北じゃないんです」

と、きわめてふくみ多く、会津への愛をこめて言われたのは、山形県出身で、仙台で高校時代をすごした井上ひさし氏であった。

　私はそうきいたとき、江戸時代、会津藩が、教養の上で、三百大名のなかでもっとも精密だったことを思いかさねて、会津はどこか東北農民型の民俗性が薄いのだろうかとひとり合点してみたが、あるいは単に気候が越後圏だということだけのことかもしれない。

　会津は大きな山々に囲まれ、豪雪地帯であり、奥州ではもっとも早く稲作文化の開けた地方である。その会津がなぜ、東北ではないのか。司馬は井上がぽつりと洩らした声にくりかえし躓き、問いを転がしつづける。近世の会津藩は、文化や教養のうえで、全国の三百の大名のなかでもっとも精密だったことを思いかさねながら、会津はどこか「東北農民型の民俗性」が薄いのかと想像してみる。もう一度、この白河・会津紀行のなかで、井上の声が甦る場面があって、そこにも「会津は藩政時代を通じて教育水準が高く、そのぶんだけ土俗のにおいがうすい」(「市街に眠る人びと」)とみえる。それは半ば以上当たっている。会津藩領のなかでは、たしかに性にかかわる習俗などが淫祀邪教として厳しく排斥された形跡があって、その外縁に広がる奥会津などと比べたとき、あきらかに「東北農民型の民俗性」は稀薄なのである。とはいえ、それゆえ会津は東北ではないのかといえば、わからないというしかない。

ただ、会津が東北的なるものを体現しているかと問われれば、わたしの答えは否定的である。すくなくとも、北東北の、南部・下北といった地域が分厚い「東北農民型の民俗性」、つまり東北的なるものを背負っているようには、たぶん会津は背負っていない。古代以来、会津は稲の風景が豊かに広がり、上方や江戸の文化が深く受容されてきた土地である。稲をつくらず、縄文や蝦夷の匂いを濃密に引きずってきた南部・下北とは、文化風土が大きく異なっている。その意味では、たしかに会津はあからさまには東北的ではない。

司馬はふと、二十年ほど前に、「福島県人ですか」と問うと、「会津です」と答えた人がいたことを思いだす。その「誇りと屈折」は、どこか大ドイツ統一以前のプロイセン王国に似ている、そう、司馬は思う。この「誇りと屈折」に眼を凝らさねばならない。

*

白河から会津へと、猪苗代湖の北岸を通って会津若松市に入りたいと思っていた。そこには、奈良・平安初期に存在した慧日（恵日）寺の遺跡がある。会津地方に入る人は、この遺跡にたいして、また徳一（とくいつ）という人物にたいして敬意をあらわすべきだと、司馬は考えてきたらしい。「徳一」という章から「大いなる会津人」という章にかけて、その徳一がくりかえし取りあげられている。

奈良朝末から平安初期という時代の会津に、「徳一という日本最高の法相学者がいたというふしぎさ」を、だれも十分には説明できない、そう、司馬はいう。徳一の時代、八、九世紀の鄙の地方はどこも草深かったが、会津だけは徳一という存在によって、まるで「灯台のようにはるかな都を照射していた」。この知的な豪傑が、ただひとりで旧仏教（奈良仏教）を代表し、新仏教（平安仏教）の最澄とまっ向からの論戦を交わしたのである。その論争は、奥州と京という距離の隔絶を背景にして、はるかな山河を使者たちが文章を携えて行き来しながらおこなわれている。なんとも大きな論争だった。ところが、その徳一の痕跡は、ほとんど会津にも残されていない。「奥州人にとって、はじめて高度な精神文化を扶植した人として、忘れていい人ではない」と、司馬は書いた。

結局、白河から会津若松へは南回りのコースをたどった。途中で大内宿に立ち寄ることにした。ここには、江戸時代の宿場の景観がそのままのたたずまいで残っている。宮本常一の名前がみえる。宮本がこの大内宿の保存のはじまりにかかわっていたのである。戊辰戦争では、かろうじて戦火をまぬかれたが、その後はほかに道路ができたために宿場としてはすたれ、山間の孤立した集落になってしまった。それでも、大内の人たちは住居や村を変えようとしなかった。それは「遠いむかしからの日本人の心」だったと、司馬は書いている。

明治十一（一八七八）年の夏、イザベラ・バードというイギリス人女性が駄馬の背に揺られて、日光から会津を経て新潟へと駈け抜けるような旅をしている。七日間ほどの会津の旅であった。大内宿にも一泊し、その谷あいの風景の美しさについて書き残している。その紀行は『日本奥地紀行』の名で知られている。わたしは大内宿で、わずかな聞き書き調査らしきものをおこなっている。驚いたことに、この集落にはバードの記憶が、「アメリカ人の女が赤い血を飲んでいた」というよじれた言い伝えのかたちで残されていた。アメリカ人は誤りだ。赤い血とは葡萄酒であったか。バードが滞在したのは、大内宿の庄屋の家であり、そのことも語り継がれていた。大内宿は戊辰の戦乱に巻き込まれそうになったが、庄屋の身を捨てての尽力によって焼かれずにすんだといわれている。そこにもまた、「遠いむかしからの日本人の心」が見え隠れしているにちがいない。

若松のホテルのロビーでは、例によって市内地図を広げた。そこで、JR会津若松駅から直線距離にしてわずか一・三キロの丘陵上に、有名な大塚山古墳があることを見つけて驚いた。若松の人々はいわば、四世紀後半の古墳の主たちとともに都市生活を送っているのである。かたわらには、市民の共同墓地もいとなまれている。大塚山古墳は当時の会津盆地の王の墓所であった。ここからは、たくさんの豪勢な出土品が掘り起こされている。吉備の国の丸山古墳と同じ鏡も出土している。古墳時代からすでに、この会津盆地は畿内の王権とつながる富める地域だったのである。

そして、その後も、会津は豊かでありつづけたのだった。近世は「地方の時代」だった。日本の学問水準は地方か、地方出身者たちによって支えられていた。その近世、とくに後期には、二百数十藩のなかでも、会津藩の教育水準は肥前佐賀の鍋島藩とともに「日本第一等」

であったかもしれない、と「大いなる会津人」の章にみえる。いったい、この白河・会津紀行のなかで、会津藩の文化・教育が全国的にも突出したものであったことへの言及は、何カ所に見いだされることか。ほとんど、司馬の筆は抑えが効かなかったのではなかったか。会津にたいする同情と共感には抑制が無用だった、ということか。

*

さて、いよいよ本丸である。まさしく「会津藩」と題された章だ。その冒頭（はじまり）には、こんなあられもない言葉が書きつけてある。すなわち、「会津藩について書きたい。なにから書きはじめていいかわからないほどに、この藩についての思いが、私の中で濃い」と。ここではとりあえず、その思い入れの深さだけを確認しておけばいい。

藩祖は保科正之（まさゆき）（一六一一〜七二）であった。司馬によれば、この人の思想と人柄が会津藩をつくり、それは幕末にまで影を曳いた。藩制と民政、藩風の基礎は、正之一代で確立している。この人は教養という点でも、同時代の大名たちからは抜きんでていた。深く朱子学を学び、この時代の新学問ともいうべき神道に傾倒した。近世初期には珍しいほどの「日本的な思想家」であった、と司馬はいう。法制家にして、商工業の育成者でもあり、風儀すなわち文化をもっとも重視した人でもあった。士風という精神的慣習をつくることにつとめ、その定めた「家訓（かきん）」十五条の第六条にも、「家中、風儀を励むべし」とみえる。幕政にも参加したが、政略的なことにはかかわらず、武家諸法度などの法制度の整備にしたがっている。

会津は「藩としての精度が高かったために、江戸時代、国事にこきつかわれた」という指摘など、いかにも示唆に富んでいる。会津藩は北辺の警備に駆りだされた。松前藩も津軽藩も、藩兵が弱くて頼みとならなかったために、会津藩が使われたのである。北辺の各地に陣屋を設けて、国家の前哨の役目を果たした。寒さのために病気となって死ぬ者が多かった。いまも北海道やその属島には、会津陣屋の跡や藩士の墓が残されている。司馬はわざわざ注記をほどこして、この事蹟について、「国家は一度も旧会津人に感謝をしていない」と述べている。

むろん、会津藩にとっての最大の難事は、幕末、ほとんど無秩序状態になっていた京都の治安を回復するために、会津藩主・松平容保が京都守護職として起用されたことである。司馬によれば、政治・機略・策謀などは、会津藩のもっとも苦手としたものであった。初代の正之以来、たとえ幕府の行政に参加したとしても、政治的な動きをしたことがなく、その感覚ももたなかった。生まじめすぎる藩風だった、ということか。藩祖の遺訓には、宗家（徳川将軍家）と存亡をともにすべしとある。この遺訓にしたがって、火中に入るほかないと覚悟を決めて、容保は京都守護職を引き受けたのである。会津藩はその後の運命を予感しながら、承知のうえで凶のくじを引いたといっていい。無知蒙昧のゆえではなかった。「史上、きわめて珍しいことであった」と、司馬は書いている。

明治維新というのはあきらかに革命である。

革命である以上、謀略や陰謀をともなう。会津藩は、最後の段階で、薩長によって革命の標的（当時でいう〝朝敵〟）にされた。会津攻めは、革命の総仕上げであり、これがなければ革命が形式として成就しなかったのである。

会津人は、戊辰の戦後、凄惨な運命をたどらされた。

かれらは明治時代、とくに官界において差別された。（「会津藩」）

かろうじて山川浩が、かれを尊敬していた土佐の谷干城（たにかんじょう）の好意で軍人になり、高等師範の校長や貴族院議員になっている。この人が晩年に、会津藩の雪辱を晴らすべく『京都守護職始末』という史録を書いた。激動の渦中に生きた当事者のひとりが、後年になって、あくまで冷静な態度で史録を書いたのである。こうした例は「さほどに多くない」。会津は「一人の山川浩を持ったことがせめてもの幸いだった」と、司馬はねぎらうように書いた。『京都守護職始末』は編纂から九年後の明治四十四（一九一一）年に、旧藩の者にだけ配るというかたちで刊行にこぎつけた。非売品だった。ところが、『京都守護職始末』はわずか二年で三版まで版を重ね、刊行と同時に、古典のような評価を受けたのである。そう、司馬は述べている。

ところで、やはり「朝敵」の地である鹿角に士族として生まれた内藤湖南には、「維新史の資料に就（つい）て」（『内藤湖南全集』第九巻所収）という論考がある。そこで、湖南は『京都守護職始末』について、まっすぐに「名著」と断じてみせた。はじまりの一行には、「いずれの世でも革命の際は必ず陰謀がこれに伴う」とみえる。明治維新にも陰謀はあったはずだ。それはしかし、闇に埋もれて、歴史は秘め隠されたままに、維新前後の殉難者の処遇などにもたいへん公平を欠いている。維新から五十年も過ぎて、あの騒乱がたんに意見の相違にすぎず、勝者も敗者も朝廷にたいして反乱を企てる意思がなかったことは、この書によってすでに明白になった。もはや薩長か反薩長かを問わず、同一の処遇があたえられるべきだ、そう、湖南は書いている。湖南はこのとき、あられもなく会津に連帯のエールを送り、薩長というおごれる勝者に向けて匕首（あいくち）を突きつけたのではなかったか。

さて、戊辰戦争の敗者となった会津藩のたどった、その後である。そこには「凄惨な運命」が待ち受けていた。

明治政府は、降伏した会津藩を藩ぐるみ流刑に処するようにして（シベリア流刑を思わせる）下北半島にやり、斗南（となみ）藩とした。この地は三万石といわれていたが、実質は七千石程度で、そういう寒冷の火山灰地に一万四千二百八十六人が移った。藩士たちのくらしは赤貧というようななまやさしいものではなかった。あたらしい藩主の容大（かたはる）（移住のときは生後一年四カ月）自身、衣服にシラミがわくという状態で、他は文字通り草根木皮（そうこんもくひ）を食べた。（同上）

その惨憺たるありさまは、たとえば、石光真人の編著になる『ある明治人の記録』を読んでみればいい。安政六（一八五九）年生まれの旧会津藩士・柴五郎が「遺書」として書き残した文章を、のちに復刻したものであった。そこには、「落城後、俘虜となり、下北半島の火山灰地に移封されてのちは、着のみ着のまま、日々の糧にも窮し、伏するに褥なく、耕すに鍬なく、まこと乞食にも劣る有様にて、草の根を噛み、氷点下二十度の寒風に蓆を張りて生きながらえし辛酸の年月、いつしか歴史の流れに消え失せて、いまは知る人もまれとなれり」とみえる。この書は、厳寒の下北半島に追われた会津藩士たちの凄惨きわまりない姿を描いて、読む者の心を揺さぶる。まさしくシベリア流刑にひとしい処遇だった。

じつは、東日本大震災のあとに、わたしがはじめて読んだ本がまさに、この『ある明治人の記録』であった。そのことは、すくなくともわたし自身にとっては深い意味のあることだ。わたしは三・一一以後を生きてゆく覚悟を固めるために、ただそのために、この本を再読したのだった。

さて、司馬はほとんど義憤に駆られたかのように、こう書いた。

> しかし権力の座についた一集団が、敗者にまわった他の一集団をこのようにしていじめ、しかも権力者の側から心の痛みを見せなかったというのは、時代の精神の腐った部分であったといっていい。

柴五郎の家は、二百八十石という標準的な会津藩士だった。籠城中は、父や兄は城内にいた。幼かった五郎は本二ノ丁の屋敷にいたが、ある日、郊外の山荘へひとり出された。

そのあと、祖母、母、姉妹がことごとく自刃した。末の妹は、わずか七歳だった。木村という家に嫁した姉も一家九人が自刃し、伯母中沢家も家族みな自刃した。かれらは、自発的に死をえらんだ。藩は婦女子も城内に入るようにといったのだが、彼女らは兵糧の費えになるということで、城内に入ることを遠慮したのである。

歴史のなかで、都市一つがこんな目に遭ったのは、会津若松市しかない。(同上)

「時代の精神の腐った部分」という。じつに烈しい非難の言葉ではなかったか。歴史のなかで、ひとつの都市がこのような仕打ちに遭ったことはない、という。数も知れぬ犠牲者たちの遺体は、埋葬することを許されず、城下にはその腐臭が満ちみちたといわれている。これ以上、付け加えるべきことは、ない。司馬の東北紀行の見えない中心は、会津であり、会津藩の人々であった。それを、とりあえず確認しておけばいい。

＊

とはいえ、司馬は明治維新という革命が、薩長による討幕というかたちで起こり、その勢いを駆って薩長政権が封建制を廃滅させたことを批判したかったわけではない。むしろ、それを「慶賀する気持でいる」という。この明治維新によって、まがりなりにも「国民国家が成立する基盤」ができたし、結果として「国民」というものが創りだされた、そう、司馬は書いている。いわば、そうした明治維新の評価にもかかわらず、いや、そうであるがゆえに、司馬は会津が戊辰戦争のあとに強いられた「凄惨な運命」に同情を覚え、また義憤にも駆られたのではなかったか。

さて、会津の旅は終幕に近づいている。「幕末の会津藩」の章は、こう書きだされていた、「紀行であることから離れて、すこしむだ口を書きたい。幕末・維新の会津藩についてである。私には、つよい同情がある」と。もはや筆の抑えは効かない。

たとえば、新選組について。

新選組という浪士結社は、やりすぎるほどに活躍し、じつに勇敢だった。『京都守護職始末』にも、心をこめて、

新選組、規律厳粛、志気勇悍、水土と雖も辞せず、後諸浪士来附するもの頗る多く、守護職の用をなせる事、亦甚だ多し。

と、のべており、事実そうでもあった。

ただ新選組の苛烈な白刃によって都の大路小路に屍(かばね)をさらした長州人や長州系の浪士の数はおびただしく、そのことが、長州人の恨みを買った。恨みは、会津藩にむけられ、やがて会津攻めとなって晴らされる。

——京でのことは、新選組がやったことだ。

と、前記の『京都守護職始末』が書かないあたり、会津人というのはどこまでも謹直で、このあたりは牢固たる士風から出ているといっていい。(「幕末の会津藩」)

たしかに、いくらでも言い訳をすることはできたはずだ。責めを新選組という、いわば雇われの外人部隊に押しつけて、知らぬ存ぜぬを押し通すという選択肢は十分にありえた。しかし、会津藩士の誇りに賭けて、山川浩はトカゲの尻尾切りのような卑怯な振る舞いを、律儀にも退けたのである。まさに、ならぬものはならぬ、「牢固たる士風」ではあった。

「筋をひたすら通しつづけた幕末の会津藩を思うがいい」と、司馬は書いた。革命前夜であった。その政治というのは、藩祖・土津公(はにつこう)以来の「道理」で押し通すには、奇怪すぎた。その遺訓にしたがって、宗家(徳川将軍家)と存亡をともにすべきであったが、そもそも将軍・慶喜は盟友たりえなかった。容保を裏切り、会津藩を孤立へと追いやって、みずからを守った。そうして、会津藩はひとり「逆賊」の汚名を着せられ、ついに会津若松城で満天下の敵を引き受けることになった。そう、司馬は述べたのである。

この会津紀行の二十年ほど前に、司馬は松平容保について、『王城の護衛者』のなかに描いていた。いまは広く知られるようになったが、容保は孝明天皇から厚い信頼を寄せられ、二度にわたって、内密の宸翰（天皇の書簡）を下されていた。「極密々書状遣候」にはじまる宸翰のなかで、天皇は「少しも漏洩無之様」と懇願している。側近の公卿にも、うかつには心を開けない状況に置かれていたのである。宸翰は武士に変装した使いの者によって、じかに手渡しされた。天皇は容保にたいして、この宸翰そのものを秘密にするように求めたのである。

容保は、この孝明天皇とのあいだの守秘の約定について、生涯をかけて守り通した。天皇崩御ののちにも、みずから解禁することなく、ひたすらに沈黙を選んだ。この宸翰が、いずれかのときに、もし公にされていれば、会津藩の運命にはなんらかの変更がもたらされていたかもしれない。「朝敵」の名を蒙ったときにも、この宸翰をもって反撃することはできたはずだ。しかし、それはなかった。「まことに〝道理〟の人というほかない」と司馬はいう。

おそるべきことに、容保は死に臨んでも、身辺の者にさえ明かさなかったのである。容保は肌身離さず、長さ一尺あまりの細い竹筒を首から胸に垂らし、そのうえから衣服を着けていた、という。家族のだれもが不審に思ったが、問うことをはばかる雰囲気があったらしい。

死後、竹筒のなかみを一族・旧臣が検（あら）ためてみると、なんと孝明天皇の宸翰二通だった。この二通が、明治後、沈黙の人になった容保のささえだったのである。

それでもなお、会津人はつつましかった。この二通で、薩長という勝者によって書かれた維新史に大きな修正が入るはずだのに、公表せず、ようやく明治三十年代になって、『京都守護職始末』に掲載するのである。（「容保記」）

わたしが館長をしている福島県立博物館は、会津若松城の三の丸跡に建っている。ときおり、幕末・維新の特別展を開催する。二〇一三年の『八重の桜』に合わせた特別展には、司馬が「いま、東京銀行の金庫のなかにおさめられている」と書いていた、孝明天皇の宸翰が展示された。あの竹筒も、かたわらにあった。はじめての対面であった。深々とした感慨が寄せてきた。しばらくは、その場を離れることができなかった。われわれ会津藩は断じて、朝敵ではない……、そんな声が低く、震えるようにこだましている気がした。わたしはそのとき、ふっと司馬遼太郎を想った。いかなるものであれ、あの正義体系（イデオロギー）が跳梁跋扈することだけは許してはならない……、そんな声が、一瞬、耳元をかすめて過ぎた。

第六章　北のまほろば——青森県津軽〜下北

この県は、奥が深くて、なにやら際限もない。夜になると、太古のにおいがする。山河が、舗装道路で縦横にきざまれつつも、残った自然のなかに、遠い世が残っていそうでもある。もっとも、気のせいかもしれない。（「翡翠の好み」）

この寂しさの砂の下に、中世の都市が眠っている

東北紀行の最終章となった青森篇は、「北のまほろば」（一九九四年連載）と題されている。この紀行が、なぜ、まほろばなのか、という予想される疑念にたいしての応答からはじまったのは、あまりに当然ではあった。司馬によれば、まほろばという古語は、日本に稲作がほ

ぼ広がったかと思われる古代、五、六世紀ころ、大和を故郷にしていた人・伝説の日本武尊(やまとたけるのみこと)が、「異郷にあって望郷の思いをこめて、大和のことをそう呼んだ」ところにはじまる。それは、まわりを山なみに囲まれたまろやかな盆地であり、たくさんの人が暮らし、穀物が豊かに稔っている野であった。

倭(やまと)は　国のまほろば
たたなづく　青垣
山隠(やまごも)れる
倭しうるはし

司馬がひとかけらの幻景として提示してみせるのは、ヤマトタケルからも稲作からもはるかに遠い縄文時代の津軽や下北に、「北のまほろば」が広がっていたのではないか、ということだ。この青森紀行の中心となるテーマは、縄文文化論である。縄文文化のイメージが大きく転換してゆく季節にたまたま巡り合わせた司馬が、津軽の縄文遺跡をたどりながら、その縄文をめぐるあらたな発見をフィールドから物語ることになった。「北のまほろば」という紀行が思いがけず、幸福の匂いに満たされているのは、いわば東北を肯定的に語りたいと願った司馬によって、歴史のもっとも深みからエールが送られていたからかもしれない。

なぜ、飢饉（ケガチ）の国が、まほろばなのか。むろん、司馬はよく承知している。太宰治の『津軽』にだって、ケガチの惨憺たる歴史がたどられ、故郷を「悲しき国」として嘆く姿が見いだされるだろう。近世の津軽は、五年に一度は凶作に見舞われてきた。それが、なぜ北のまほろばか。説明は先送りされる。いや、その必要はない。たしかに、「北のまほろば」を読み終えた者はだれしも納得させられているにちがいない。

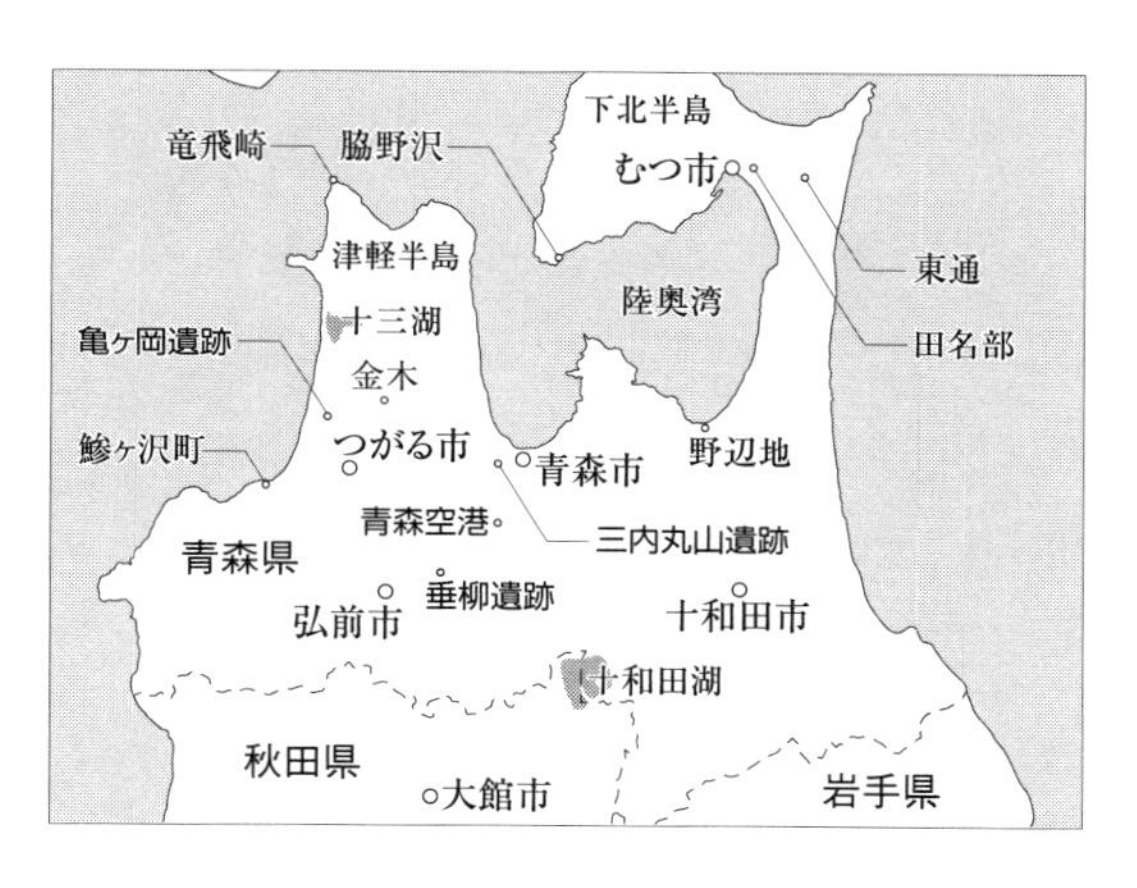

司馬は一九九四年の元旦から二週間たらずを、雪に覆われた南部・津軽・下北で過ごした。『週刊朝日』への連載は、五月からはじまり翌年の二月まで続いた。途中で、三内丸山遺跡をめぐる大きな報道に遭遇したために、司馬は夏の青森を再訪することになる。それゆえ、この紀行には青森の冬と夏とが微妙な交歓を果たしている気配がある。

くりかえすが、ここでは考古学の発掘がもたらした縄文文化像の転換に焦点が絞られている。この時期はいまだ、そう、あの旧石器のねつ造事件が世を騒がせる以前に属している。考古学にたいする大衆レヴェルの関心がピークに達したかと思われる、一九九四年の青森が紀行の舞台であったことは、司馬にとっては小さな奇跡のようなものではなかったか。一九八〇年代から、考古学は前代未聞といっていい活況を呈していた。それはあきらかに、高度経済成長期からバブルの時代へと移りゆく季節に、日本列島のいたるところで公共事業が花盛りであったことと無縁ではない。考古学の発掘のほとんどは開発と背中合わせだったのである。むろん、司馬はそのことにも気づいていた。

*

司馬はひとつの問いかけをおこなう。

青森県は、ふしぎな地である。

縄文時代には、〝亀ケ岡式土器〟というすぐれた土器を生みだすほどに豊かで、当時貧寒たるくらしをしていた縄文西日本に対して優位に立ちながら、その後、西方からの力と文化に押されるにつれて――西方の体制に従うにつれて――僻陬(へきすう)の地になってゆくという地である。

しかもなお、地下三尺に、他地方にない感覚のゆたかさを秘めているというふしぎな地でもある。(「古代の豊かさ」)

なぜ、青森の地は亀ヶ岡式土器を生んだ縄文後期、あれほどに豊かな文化を産み出しながら、弥生以降、しだいに西からの力と文化に押されて辺境と化していったのか。たいせつな問いである。いや、古代はまだよかったのだ。中世もわるくはなかった。それでは、近世か。司馬はいう、十三、四世紀までは、あるいは「唯(ただ)コメ主義の近世」がはじまるまでは、青森は北海道にたいしてまほろばのような地域だったのではないか、と。

近世の津軽藩である。ここにも、司馬の稲作中心史観にたいする批判が姿をみせる。南部藩でも、仙台藩で、米沢藩でも、どの紀行においても重商主義的な立場からの批判が反復されていた。司馬によれば、津軽藩において、その経済は幕藩体制の原理そのままに、コメに一元的に依存した。ほかの藩と同様に、コメを大坂市場に移出して現金を得て、藩の経済を運営したのである。まさにそこでは、「すべての価値を生む源泉がコメであった」という。

　コメが、この藩の気候の上から危険な作物であるにもかかわらず――西方の諸藩でさえ江戸中期以後、換金性の高い物産に力を入れはじめたというのに――コメに偏執し、相次ぐ新田の開発によって江戸中期には実高(じつだか)三十万石をあげるにいたった。無理に無理をかさねた。

　表高も十万石に格上げしてもらった。

十万石といえば、中級の大名である。格式が高くなったぶんだけ江戸での経費がかさみ、農民の負担も重くなる。

実高三十万石とはいえ、藩財政は慢性的に赤字で、鴻池(こうのいけ)など大阪商人から借りる借金がかさんで、江戸後期以後は、いまでいう〝銀行管理〟のようになっていた。コメ一辺倒政策の悲劇といっていい。(同上)

東北の飢饉については、たんなる気候風土の厳しさだけではなく、こうしたコメをめぐる政策的な問題がしばしば指摘されてきた。たとえ、飢饉が予感されるような作柄の状況であっても、コメは容赦なく大坂の市場へと商品として運び出された。いやおうなしに巨大な商品経済のなかに呑み込まれていたから、藩権力にはコメの藩外移出を抑えて、飢饉に備えるといったことは許されなかったのである。まさに、「コメ一辺倒政策の悲劇」が津軽藩を呪縛していたのであった。それは奥州の諸藩がともに背負わされた、構造的な悲劇だったといっていい。くりかえし、司馬が東北紀行のそこかしこで説いてきたことだ。

青森紀行も中盤にさしかかったころ、「鰺(あじ)ケ沢」の章で、あらためてこのテーマに回帰してくる。偶然ではない。この鰺ヶ沢こそが、津軽藩の商品経済の要衝の湊だったからである。飢饉のときにも、領民がたとえ飢えて死んだとしても、大坂商人への借金返済のために廻米を鰺ヶ沢から出さねばならなかった。藩財政そのものが潰れてしまうからだ。鰺ヶ沢という湊町は、そうした近世後期の津軽藩の経済的な悲劇のまさしく舞台となったのである。近世は「米という封建制と、貨幣経済という市民性とが、抱きあったり、争ったりしていた」時代だったという司馬の言葉など、とても魅力的なものだ。むろん、司馬の東北紀行のなかでは、まさしくこうした視座からの奥州諸藩の近世像の掘り起こしが重ねられていた。

さらにいって、もし司馬史観なるものが語られるとすれば、そのもっとも重要な座標軸のひとつは、日本史のなかの重商主義／重農主義のせめぎ合いと葛藤であるにちがいない。司馬にはあきらかに重商主義への傾きがあって、それゆえに、東北が水田稲作に縛られてきたことに向けての同情に満ちた批判が見いだされる。わたしはたいへん関心をそそられてきた。稲作／商品経済という二元的な構図によって、古代以来の日本の歴史、とりわけ東北の歴史が読みほどかれている。「弥生式農業」だけが正義であるという不思議な思想こそが、稲を作らぬ人々や地域を差別する拠りどころになってきた、という認識もあった。

それはどこか、稲作中心史観に向けての激越といっていい批判者であった網野善彦という歴史家にも、通じるものがあったのではないか。網野が、山梨県下の銀行家の一族の出身であったことを、想起してみるのもいい。司馬の実家は薬局をいとなんでいたようだが、その地は商都・大阪の浪速区であった。二人が百姓の家ではなく、商業や金融にかかわる家に出自をもつことは、むろん偶然ではないはずだ。

＊

ところで、「陸奥の名のさまざま」の章には、これまでの歌枕論についての補注のような一節がある。唐詩の影というテーマ。大陸で唐という国が衰え、日本が遣唐使を中止したのは八九四年であった。それからは、唐詩は「濃縮された乳」のように好まれた、という。

平安貴族の詩心は、唐詩というまゆでつつまれて成育したといっていい。
唐の詩人がときに憧憬した西域まで、平安貴族は好んだ。ただどう想像していいかわからず、レールが転轍（てんてつ）するように、関東（あずま）のかなたにひろがる陸奥（みちのく）の天地を連想した、と私は考えている。〝異文明〟への恋といってもいい。（「陸奥の名のさまざま」）

とても興味深い仮説が語られていた。京の都に暮らす大宮人たちは、中国の辺境としての西域から、東国＝アズマの背後に茫々と広がっているみちのくの大地へと、まなざしの方位を転轍させたのではなかったか。歌人たちはみちのく世界のそこかしこに、たくさんの歌枕を産み落としながら、まさにその「〝異文明〟への恋」を紡いでいったのではなかったか。司馬は、「論証しにくいとはいえ」という断り書きをしたうえで、「平安時代における陸奥への遥かなおもいは、唐詩における西域とかさなっている」という仮説を述べたのである。西域／陸奥が「〝異文明〟への恋」を抱いて、奇妙な邂逅を果たしたとき、歌枕のみちのく世界は誕生したのかもしれない。

陸奥(むつ)という国名について。司馬によれば、七世紀半ばの大化の改新のときには「道奥」という表記で、ミチノオク・ミチノク・オクと呼んだ。大和盆地からは、そこは「星のように遠かった」。七〇一年に制定された大宝律令によって、「陸奥」へと表記が変更になった。呼び方は、ミチノクから、さらに縮められて、ムツに変わった。そこにはいまだ、ヤマト王権の支配はおよんでいなかった。まさに、大和から延びる政治(マツリゴト)の道が尽きて、そのさらに「奥」に広がっている、西域のような未知なる異郷世界であった。

やがて宮城に多賀城がつくられ、「遠の朝廷(とおのみかど)」としての機能をになわされた。それは蝦夷の討伐という軍事的側面よりも、弥生式農耕をすすめる勧農公社といった側面が強かった、という。司馬が一貫して選んできた了解のラインであった。弥生式農耕の勧めを、いまだ「縄文的なゆたかさ」のなかに暮らしていた人々は、嫌い、拒んだ。司馬によれば、かれらは「たえず移動していた」。ヤマト王権はそれら定住しない人々を好まず、水田の民として定住するように求めた。そのほうが安心だったのだ。本州で最後までヤマトの支配が届かなかった、北端の青森あたりが、漠然と「外ケ浜」と呼ばれることになった。いまの青森市は、奥州の北端というシンボリックな意味を帯びた外ヶ浜という海岸線のほぼ中央に位置している、という。

> ツガルというアイヌ語源らしい地名は、すでに『日本書紀』斉明紀五年（六五九）に出ている。蝦夷（えぞ）あるいはえみしとよばれていた陸奥の縄文生活者の居住地よりも、ツガルとよばれる不従順な蝦夷はさらに遠くに（青森県のことだが）住んでいる、ということだった。
>
> これを勝手に拡大解釈するとすれば、ツガル蝦夷は縄文生活の最適地――くどいが、いまの青森県である――に拠り、かつ亀ケ岡遺跡に見られるような高度の文化をもち、さらには最近の考古学的発見によると、縄文時代のおわりごろに、大和政権の〝勧農〟によらずに、自前で水田を持っていたのである。
>
> 侵しがたいばかりの成熟した文明圏だったろうという想像もできる。（同上）

蝦夷論である。ひと筋縄ではいかない。たとえば、『日本書紀』などによれば、ヤマト王権の支配のもとに入るか、抵抗するかによって、熟（にぎ）蝦夷／麁（あら）蝦夷／ツガル蝦夷といった分類がなされていたらしい。いまの青森あたりに住んだツガル蝦夷は、最後までヤマト王権にたいして、マツロワヌ民として抵抗を続けたのである。そこは縄文的な狩猟・採集生活のもっとも適した土地であったが、同時に、稲作が早くに受容された北限の地でもあった。「侵しがたいばかりの成熟した文明圏」といった言葉には、文化果つるみちのく世界という負のイメージをなんとか壊したいと願う司馬の思いが透けてみえる。

たしかに、縄文の側から捉えかえしたときには、たとえば東北こそが日本列島の文化の中心地であり、先進地域であった。関東などはその出店のような地域であったのかもしれない。たとえば、縄文中期、いまから五千年ほど前には、日本の人口は三十万人程度と想定され、その八割以上は列島の東側に集まっていたらしい。列島の西側は過疎地帯であり、文化的な後進地域であったといわれている。

ひとつだけ補足しておく。司馬はどうやら、蝦夷を移動をくりかえす非定住の民としてイメージしていたらしい。すでに縄文時代の早期、一万年ほど前から、狩猟・採集にしたがいながら定住的な暮らしがいとなまれていたと、近年は考えられている。縄文の人々、そして、その末裔である古代蝦夷が、遊動の民であったとは考えられない。それから、蝦夷を日本人の分かれとみなす司馬の立場からは、狩猟の民としての側面は摂りこみにくかったのか、ほとんど触れられることがなかった。あらためて取りあげてみたい。

そういえば、津軽出身の明治の言論人（ジャーナリスト）、陸羯南（くがかつなん）に触れた一節が、「人としての名山」という章にあった。司馬はこの人を、「明治時代きっての偉材の一人」と評価する。靺鞨（まっかつ）は沿海州など、日本海をはさんだ北のアジアの少数民族やその国をさしている。靺鞨と書くのが正しいが、羯南は「靺羯」という表記を好んだらしい。その雅号は、「津軽という地理的位置を雄大に、内籠りに語っている」という。「私は靺羯の南の人間です」という雅号であり、そこには「自虐」も混じっていた、そう、司馬は述べている。津軽人、また東北人の精神性について言及するとき、司馬は核心をなすキーワードとして、この「自虐」という言葉をしばしば使っている。それは措く。

「陸(くが)」は陸奥から取った一字であろうが、その下に「羯南」と置いたのは、京都や東京からの方位としての「北」を意味する「奥」を消去し、靺鞨つまり北方の大陸を起点とした「南」の方位を意図的に選んだものかもしれない。はたして、それは「内籠りに語ってい」たのか、「自虐」の所産であったのか。おそらくそこには、ヤマト中心史観を脱構築せんとする、陸羯南その人の不遜な挑みの意志こそがひっそりと沈められていたにちがいない。

*

さて、司馬は十三湖のほとりにいる。ここでは、二人の旅人が呼び返されることになった。菅江真澄と太宰治である。司馬の東北紀行のなかではおそらく、もっとも多く登場する紀行が真澄の『菅江真澄遊覧記』と太宰の『津軽』、そして、芭蕉の『おくのほそ道』であった。司馬はこれらの先行する旅人たちとの対話を、折りに触れて試みながら、みずからの旅と紀行を豊かに織り上げていったのである。

真澄は津軽の古文献をよく読んでいた。室町のころの十三湊(とさみなと)の賑わいが描かれた『十三往来』の存在も、安藤(安東)氏の盛衰についても知っていた。そして、十三の集落は貝殻をいくつも伏せたようだ、と書いた。むろん真澄は、「その砂の下に中世都市が眠っている」ことを知るよしもなかった。

太宰もまた、十三湖をバスから遠望して、「浅い真珠貝に水を盛つたような、気品はあるがはかない感じの湖である」と書いた。司馬は、それがよく理解できた。そして、「心もとなく、はかなく、寄る辺ない美しさ」を感じた。太宰もまた、十三湊のかつての繁栄や、「津軽の遠祖」といわれる安藤氏一族について、ほんのすこしだけ触れていた。十三湖は目前に冷え冷えと白く展開していた。『津軽』には、「波一つない。船も浮んでゐない。ひつそりしてゐて、さうして、なかなかひろい。人に捨てられた孤独の水たまりである。流れる雲も飛ぶ鳥の影も、この湖の面には写らぬといふやうな感じだ」とみえる。


太宰もむろんこのさびしさの砂の下に、十二世紀にはじまり十五世紀におわる繁華の都市が眠っていることは知らなかった。

風景は、日本の水田風景のように、自然が人間に飼い馴らされてできあがるものと、太古以来、人の手の加わらないものとがある。太宰は、十三湖は後者だといっているかのようである。「人に捨てられた孤独の水たまり」と、この人はいう。

しかしこの砂地の下に、数世紀のあいだに何万の人々がそこで生死した都市が存在していたのである。

ところが、ほろんだあとは、もとの太古以来の雲と水と砂の何食わぬ顔の白っぽい景色にもどった。

この場合、自然の復元力を讃えても、はじまらない。むしろ、北海道と朝鮮、中国を一つの円内におさめて津軽の地理的位置を海上交易に使った安藤氏の異能こそたたえられていい。あわせて、その繁栄を継承できなかった南部氏が、当時のありふれた陸上政権にすぎなかったことを思うべきで、歴史のおかしみの一つは、そのあたりにもある。

それにしても、安藤氏の滅亡後、十三湖をすてた当時の海運従事者たちは、どこへ行ったのだろう。出羽の庄内か越前の敦賀にでも移ったのだろうか。(「十三湖」)


十三湊は長く伝説の靄に包まれて、その存在すら不確かなものになりかけていた。ところが、一九九〇年代のはじめからの考古学的な発掘調査によって、一四世紀、最盛期を迎えた十三湊が、「本格的な都市設計のもとでつくられた中世都市」であったことがあきらかになった。当然とはいえ、真澄も太宰もそれを知ることはなかった。太宰が十三湖を、人手の加わらない太古からの自然の風景と見たかいなかは、いくらか微妙である。『津軽』には、東海岸の竜飛などと比べると、十三湖はずっと優しいけれど、やはり風景の一歩手前のもので、すこしも旅人と会話をしない、とみえる。「人に捨てられた孤独の水たまり」とは、一度は人によってつくられた風景であることを暗示していたのかもしれない。

ともあれ、司馬その人は、風景の無常を嘆くことからははるかに遠い人であった。そんなことより、津軽を起点として、北海道から朝鮮・中国にかけての広大な海域を舞台として海上交易をおこなった安藤氏の「異能」にこそ、関心を寄せる。そうして、ありふれた陸上政権にすぎなかった南部氏とのちがいへと、まなざしを転換させるのである。「歴史のおかしみ」であったか。安藤氏の衰滅とともに、たくさんの海の民たちはどこへ去ったのか。この砂地の下に、数世紀のあいだ、何万もの人々が生き死にを重ねた都市が眠っているなど、とうてい想像力がおよぶことはない。いまも白っぽく、寂しい風景である。

それから、司馬は金木町へと赴く。

私は、のちの世にいて、太宰の生家のある金木町を歩いている。

のちのわれわれの世は、安気(あんき)なものである。

文学をどう解釈して展開しようと許されるし、すくなくとも世を、太宰のように、一人の人物もしくは山に託して呪うというような必要も状態もなくなっている。そののちの世からきて、私は太宰のころの金木町を歩いている。

太宰治の人柄は、ときに海のようにひろやかだったという。(「岩木山と富士山」)

司馬はつねに、太宰にたいして最大限の敬意を表していた。太宰を、青森のみならず東北を一身に体現する作家として認めていたのかもしれない。すくなくとも、司馬は石川啄木や宮沢賢治、さらに斎藤茂吉といった、やはりそれぞれに東北を代表するような作家や歌人にたいして、きわめて冷淡であったことは否定すべくもない。同時代の井上ひさしについては、いくつかの場面に交流の様子が語られていたが、『吉里吉里人』にわずかに触れていたほかは、具体的な作品論は見られなかった。いまになって読み返してみれば、司馬の東北紀行は、あたらしい歌枕の旅の可能性を問いかけるものであったのかもしれない。たくさんの旅人たちの外からのまなざしに仲立ちされて、現代の歌枕が創られようとしていた、といってもいい。「翡翠（ひすい）の好み」の章のはじまりには、こんな呟きが書き留められてあった。

この県は、奥がふかく、なにやら際限もない。
夜になると、太古のにおいがする。山河が、舗装道路で縦横にきざまれつつも、残った自然のなかに、遠い世が残っていそうでもある。
もっとも、気のせいかもしれない。

ここにもまた、外からのまなざしがあらわである。これはかつて、都の歌人たちが歌枕の向こうに結ばせようとした、一篇の詩としての奥州そのものではなかったか。わたし自身もかつて、どこであったか、津軽の原色の風土について、思いつきを語り散らしたことがあった。

たしかに、津軽や下北を歩いていて、その奥の深さやはてしのなさを感じさせられる瞬間が、幾度となくあった。太古の匂いや、遠い世の名残りといったものは、いくらか観念的なものかもしれない。もうすこし深みに降り立ってみると、血の滴るような原色の風土がゆるやかに姿をあらわす。太宰などは、それをはっきり拒絶していたかと思う。おそらく、それは司馬その人にとっても距離を置きたいものであったにちがいない。司馬はきっと、岡本太郎が惹かれたようには、恐山のイタコの口寄せといったものに関心を示すことはなかったはずだ。

日本人は多様な血をもっている、それが誇りだ

司馬は三つの、それぞれに青森の先史時代を背負った遺跡について、熱く語っている。ここでは、旅の道筋とも紀行の順序とも切り離して、あえて縄文中期の三内丸山遺跡から晩期の亀ヶ岡遺跡へ、さらに弥生の垂柳遺跡へと、縄文から弥生へとつらなる文化の諸相のスケッチをたどっておきたい。

青森紀行の連載は、まだ津軽篇もおわっていない。南部や下北がそのまま残っている。それなのに、夏が来てしまった。ある日（一九九四年七月一六日）、司馬は大阪の自宅で、朝日新聞の夕刊を広げたとき、一面トップに「四五〇〇年前の巨大木柱出土」という記事を見つけ

た。それが青森県の三内丸山遺跡が、一気に世の人々に知られるようになったはじまりである。縄文中期というから、いまから四、五千年前であるが、高い塔がそびえ立つ巨大集落の跡が出土した。途方もない発見への予感がおどっていた。その六日後の夕方には、司馬は青森空港に降り立っている。居ても立ってもいられなかったにちがいない。

なぜか、ヤマセの話からはじまる。その前年は、東北はたいへんな冷害と凶作に見舞われていた。さすがに餓死する人は出なかったが、北東北を中心にして、どこでも稲は青立ちのままに刈りとられた。岩手県の遠野市では、秋祭りの日に、ブルドーザーで田んぼがなぎ倒されてゆく光景を見て、衝撃を受けた。わたしはそこかしこで、昭和九（一九三四）年の凶作の記憶を聞いて歩いた。司馬もまた、前年の冷害のことを話題にしたにちがいない。ヤマセはじつに気味のわるいものだ、と案内してくれた人がいう。それはケガチという、江戸時代ならば大量の餓死者を出すような不幸と結びついている。

ここで司馬らしいまなざしが挿入される。しかし、縄文時代であれば、たとえば三内丸山の縄文人たちはヤマセの年にぶつかっても、「ことしの夏は涼しくていい」などと、のどかに言葉を交わしていたかもしれない。そこには「稲作という重荷がなかったからである」と、司馬は断言してみせた。冷夏がケガチをもたらすのは、稲に呪縛された社会である。稲作中心史観にたいする距離の取り方は、司馬のなかでは徹底しており、揺らぎがない。

さて、三内丸山遺跡のなにが衝撃をもたらしたのか。

ヒトは、農業をはじめてから、ムラをつくり、やがて国をつくった。縄文時代のような採集生活では、一家族か数家族が移動してくらすために、ムラをなさない。

そう思われていたのが、青森県の縄文時代はよほど文化が熟していたのか、大集落をもち、集落としての秩序をそなえ、たかだかと望楼のような構造まで持っていたのである。場所は、青森市郊外の三内丸山である。

多数の竪穴式住居のまわりには、食糧倉庫かと思われる高床式の建物が数十棟もあったようである。共有の倉庫あともみつかった。食糧の貯蔵という思想がこうも濃厚に存在したということも驚きの一つだった。かれらは採り歩き、食べ歩いているという古い縄文観は、まったくくつがえった。

巨大な柱穴（はしらあな）が六個出てきた。その関係位置や深さから察して、楼閣跡であることは容易に推察できる。

柱の太さは薬師寺の三重塔の柱に匹敵するという。これよりもはるか後世（ほぼ二千数百年後）の弥生時代の佐賀県吉野ケ里遺跡から望楼の柱穴が出た。それより二千年もふるい。

柱穴の直径から想像して、高さ二〇メートルはある望楼あるいは楼閣かと想像されている。（「翡翠の好み」）

司馬の驚きがじかに伝わってくるようだ。高々とそびえる望楼のような構造物（――これはのちに、学者たちの奇妙な力のバランスのなかで、たんなる六本柱が中途半端に立っているだけの構造物として復元されることになる）こそが、驚きの核心に鎮座していたのである。吉野ヶ里遺跡のはるか二千年も前に、高さ二十メートルの楼閣が、北の辺境の地に立っていた、という。まさしく、「白昼夢のような話」ではなかったか。三内丸山遺跡は、海岸の低い丘陵地帯にある。いまの青森市街地は海底にあり、海岸線は遺跡の丘の麓まで来ていたらしい。そこに楼閣をもった大集落がいとなまれていたのであった。

菅江真澄の「すみかの山」という日記には、この三内丸山の地を訪ねたことがみえる。この地は古くからの桜の名所であった。司馬はなぜか、さらりと触れているだけだ。真澄はじつは、そこで縄目のついた土器のかけらを拾い、そのスケッチを残している。そのほかにも、北東北のいくつかの土地で、縄文土器らしきものを採取して、スケッチを残した。現代の考古学者の検証によれば、そこに描かれた土器のかけらが縄文のどの時代・地域のものであるかは、たやすく確認することができる、という。菅江真澄は縄文文化の発見者のひとりであった、といってもいい。それから二百年ほどの歳月を経て、遺跡の全貌をあきらかにするための発掘調査がはじまったのである。

たしかに、三内丸山遺跡はなにもかも破格だった。その後の発掘調査によって、段ボール箱に数万個の土器の破片、漆を塗られた板状の大きな土偶、共同墓地、住居近くの子どもの墓地、食べものの棄てられた谷、ひょうたんの種子、酒をつくったともいわれるニワトコの種子など、次から次へと、古めかしい縄文文化像をひっくり返すような、あらたな情報がもたらされてきた。むろん、一九九四年の夏、三内丸山の発掘現場を訪ねた司馬は、いまだわずかな情報しか手に入れることはできず、ただこの遺跡からあたらしい縄文文化のイメージが生まれてくる、たしかな予感に打たれていたのである。

司馬はこの紀行に、「北のまほろば」というタイトルをあたえた。縄文時代、世界でもっとも食べものが多くて住みやすかったのが、この地方だと考えて、あえて「まほろば」という言葉を使ってみたのである。「それが、土中から現れようとは思わなかった」とは、なんとも正直な物言いではあった。

さて高楼のことである。

現場で、私はただ一つの想像をするだけにした。

農耕時代になって政治的権力があらわれる。だから、採集の世の楼閣は、首長の権力をあらわすものではなかったろう。

ひとびとは、丸木舟に乗って、海で漁をする。おえると、この高楼をめざして帰ってきたのにちがいない。

夜、漁からもどらない者があると、

「高く、火を焚け」

というのが、首長だったにちがいない。闇の海で方角をうしなった者は、望楼の火を見つつ帰ってくる。首長は、情義の機関だったのではないか。むろん宗教的存在といってもいいが。(同上)

わたしはふと、「仙台・石巻」紀行のなかで、石巻の日和山に登って、司馬が日和見の習俗について語っていた場面を思いだす。ここに描かれた首長の姿は、まさにはるか古代の日和見の王たちを想い起こさせずにはいない。あるいは、日知(ひじり)や月読(つくよみ)と呼ばれたシャーマン=首長であったか。むろん、六本柱の構造物が高楼であったかいなか、わからない。そこで火が焚かれたか、それもわからない。政治的であるよりは宗教的であったにちがいない、シャーマン=首長はすでに存在したはずだが、それを確認する術はとりあえずない。

そういえば、ここでは海産物の遺物が多く出土しているために、縄文人の生業のなかに漁労が付け加えられている。司馬は縄文人の生業について触れるとき、なぜか採集を中心に置いて、無意識的にであったか、狩猟を取りあげていない。ここでも「採集の世」といい、ふつうにいわれる「狩猟・採集の時代」という縄文文化像を採用していない。それはたとえば、岡本太郎が狩猟に絞りこんで縄文文化を発見していたことなどとは、対照的ですらある。その司馬もまた、さすがに、移動生活をつねとする縄文人のイメージからは抜け出そうとしていた。先の引用のなかで、「食糧の貯蔵という思想」が存在したことに触れて、「採り歩き、食べ歩いているという古い縄文観」はまったく覆った、と書いていた。しかし、そこにも狩猟の影はみいだされない。

*

さて、次は亀ヶ岡遺跡である。司馬がここを訪ねたのは冬であり、三内丸山の旅の七カ月前のことであった。

「木造駅の怪奇」の章から「カルコの話」の章にかけて、亀ヶ岡遺跡が登場してくる。そのはじまりに近く、どこか独り言のように、「日本史は、水田農耕がゆきわたった奈良朝時代あたりから、西方が優位になり、東北は夷（鄙）のあつかいをうけるようになった」といった言葉が書きつけてある。弥生時代の幕開けとともに、列島の文化的な西高東低がはじまるのではない。奈良時代あたりから西の水田稲作の社会が安定して、優位性を確立し、それにつれて縄文以来の採集・狩猟・漁労にもとづく生活を続ける東北が、いつしか鄙の世界とみなされるようになった、ということだ。

鰺ヶ沢へは古い街道をたどった。いかにも「縄文採集の適地」といった趣きの景観である。「大地がゆるやかに傾ぎ、細流が多く、落葉樹にみち、魚介にも木の実にも事を欠かない」とみえる。ここにも、魚介と木の実はあれど、狩猟の獲物である鳥や獣はまるで姿を見せない。

偶然ではあるまい。司馬はあきらかに、このとき、狩猟という要素を視野から祀り捨てようとしていた。大森勝山の遺跡には、ストーンサークル（環状列石）があると聞いた。この不思議な遺跡もまた、青森県、あるいは東北地方の個性を彩るものであった。冬であった。すべては雪の下に埋もれている。遺跡の現場には行けない。しかし、この一面の雪に覆われた冬という季節こそが、縄文人にとってはたいせつな狩猟のシーズンだったのである。そうしたまなざしが不在だった。

亀ヶ岡遺跡のある丘は、標高が一五メートルから二〇メートルほどだが、縄文晩期には「あたかも都市のように」栄えたらしい。まわりに大小の湖沼をめぐらし、魚介が豊かであったから、大きな人口を養えたにちがいない。「採集生活」がいとなまれていたとはいえ、この縄文の「都市」では技能による専門化がおこなわれていた節が見られる、そう、司馬はいう。漆器が出土している。「中国より古いかもしれない」ともいう。亀ヶ岡式の土器は、「魚や獣のほかクルミやトチの実を煮て食べるために使われた」ようだ。ここに、わずかに獣が姿を覗かせた。

やはり、亀ヶ岡遺跡を有名にしたのは、遮光器土偶であろう。

強調される両眼の表現が、イヌイット（エスキモー）が晴れた雪原でつかう遮光器に似ているために、考古学では遮光器土偶とよばれてきた。

髪はちぢれて盛りあがり、ネックレスを用い、ウズマキ紋様の衣服をつけ、胸には乳房が強調され、四肢は赤ちゃんのようにみじかい。

宗教的理由なのか、右腕が欠かれたりもする。亀ケ岡文化のこの遮光器土偶の代表とされるものも、左脚が、欠かれている。

誇張がはげしいために、全体として怪奇である。ただ小さい。大きいもので二十センチほどである。だから怪奇さよりも、多装飾による神秘感のほうがつよい。

ともかくも、人体という現実からほど遠いものである。

現実から遠いほど、呪術性があったのかもしれない。もっとも単に呪術性を目的にするならもっと簡素な造形も存在する。この遮光器土偶の場合、過剰に変形され、わずらわしいほどに装飾がほどこされている。(「木造駅の怪奇」)


司馬はよほど、この不思議な土偶に心惹かれたのであろう。遮光器土偶の、いわば魅力がていねいに描写されている。この土偶を見た者はきっと、だれしも驚きと不思議に打たれるが、これほどうまくそれを言語化できるわけではない。それゆえに、ほんの二十センチ足らずの神秘的な土偶が、JR木造駅の巨大な駅舎そのものと化しているのを見たときの衝撃は、半端なものではなかった。ほとんどそれは、宮城県の松島で、「松島や　ああ松島や　松島や」という戯れの句ともいえない代物が芭蕉の作とされて、いたるところの看板にさらし物になっているのを目撃したときの、司馬が示した憤激を想い起こさせるほどだ。司馬の穏やかな美意識が弾ける。許せなかったのだ。

駅舎をみて、仰天する思いがした。遮光器土偶が、映画の怪獣のように駅舎正面いっぱいに立ちはだかっている。

巨大土偶のふとい片足が、駅舎正面の軒を貫いて地面を踏みしだいているのである。近づいてさわってみると、プラスティックらしかった。

「やるものですなあ」

と、鈴木さんをかえりみると、そのあたりにいなかった。アリやハチなどの昆虫はあの寸法でこそ可愛いが、何千倍に巨大化し、立ちあがってマンションの三階をのぞいたりすれば、怪物になる。

駅舎は、町(ちょう)が建てたものだという。

津軽人一般の気質として、過剰な反省と自己嫌悪、あるいは自己憐憫や自己卑小化があるとされるが、気弱とされる津軽人も、ときに床を蹴やぶって起ちあがるときもある。それが、この巨像かもしれない。(同上)

そして、司馬は怪物と化した遮光器土偶を見あげながら、「これも津軽びとが演ずる自虐的な道化のユーモアだ」と、無理矢理に自分を納得させたのである。しかし、むろん心底からの納得はできない。次の「カルコの話」の章の末尾にいたって、司馬はまた、唐突に、こんなふうに考える。縄文一万年の最後の光芒のなかで、遮光器土偶はつくられた。それがいまプラスティックの巨像と化して、木造駅の駅舎とともにそそり立っている。それも無理からぬことと思われたが、しかし、「べつの目で考えなおせば、やはりおかしい」と。千々に心は乱れている。

たとえば、東北で許しがたいモノはなにかと問われたら、司馬はきっと「松島や」の句と、この巨大な遮光器土偶の駅舎を思い浮かべて、しかし、むろん黙ってやり過ごしたことだろう。司馬には、縄文の土器や土偶にたいして、深い愛着と畏敬があった。その、「工芸的でありながら、祈りの声や息吹が感じられそう」な縄文人の意匠意識に、大いに心を揺さぶられていた。だからこそ、それをわざわざ卑小なものに貶めることが許せなかったのである。「自虐的な道化のユーモア」だと、つかの間納得してはみても、やはり情けない思いを拭うことができなかったにちがいない。

*

青森県、いや津軽を代表する第三の遺跡が、弥生時代の垂柳(たれやなぎ)遺跡である。

考古学の分野では、しばしば劇的なことが起こる。そう、司馬はいう。三内丸山遺跡の発掘が、まさにそれだった。そして、いま稲作が焦点となる。稲作は、古代の東北地方には存在しなかった、弥生文化はなかったと思われてきた。だから、東北は遅れていたのだ、というイメージが支配的だった。その思いこみは近代になってからも続いて、戦後、東北大学の伊東信雄教授が「東北には弥生文化が存在した」という仮説を提示したときも、学会は冷淡だった。それが認められるまでには長い時間が必要とされたのである。すべてを垂柳遺跡がくつがえしたのだった。

司馬は雪のなか、田舎館村を訪ねた。つまり、これも三内丸山の旅の七カ月前のことだ。垂柳の水田遺跡はそのうえを跨いで、橋が架けられ、保護されている。古代の水田は一枚ずつが、一坪ほどの「妖精がつくった水田」のようなものだった。その一枚一枚が四角くていねいに畔によって囲われ、全体が整えられた碁盤の目のように広がっているのである。この垂柳遺跡の発見によって、伊東の仮説はようやくにして実証された。司馬はその伊東仮説が認められるまでの苦闘の跡を、ていねいにたどった。その執念に敬意を表したのであろう。

わたしはしかし、そこに、いくらか異なった感想を抱いてきた。あえていってみるが、東北の考古学者たちが稲の呪縛に翻弄されてきた哀れさ、といったものを思わずにはいられない。伊東信雄がある論考のなかであったか、こうして東北にも稲作が早くからおこなわれていた、弥生文化は存在した、東北はだから、遅れた未開の地ではなかった……と書いていた。それを読んだとき、わたしは逆の意味合いで、衝撃を受けたのだった。稲の呪縛によって、戦後になってさえ、東北人はこれほどに強く支配されてきたのだ。東北は文化果つるみちのく世界とみなされてきた、そこには稲作がなかったからだ、という思考こそが、東北をみちのくイメージのなかに封じ込めてきたのではなかったか。

いまでも、ありありと覚えている。東北は三内丸山遺跡の発掘によって、つかの間の知的高揚に覆われていった。そのほんの数年前、一九九〇年代の初頭に、わたしは東北の村や町をフィールドにして聞き書きの旅をはじめた。そのころ、村の埋もれた縄文の遺跡を訪ねると、「先住異族の住居跡」といった標柱にしばしば出会った。いまだ、東北の人々のなかには、みずからが縄文人の末裔であるという意識は稀薄だった。どこかで、「なつかしい中世の移民史」(柳田国男)が信じられている気配があった。縄文人や古代蝦夷は、いま東北に暮らす人々にとっては、先住の異民族であり、自分たちと種族文化的につながっているわけではない、といったところか。

それから、ある村史を手に取って、絶句した。その村では、たくさんの縄文の遺跡や遺物が掘り起こされていたが、弥生の痕跡はまったく出土していなかった。村史には、それでも「弥生時代」の記述が一ページだけあり、こう書かれてあった。すなわち、われわれは一生懸命発掘調査につとめてきたが、残念ながら、いまだ弥生文化の遺物は見つかっていない、しかし、やがて発見される日が訪れる、そのときに、この空白を埋めたいと思う――と。いかにも真摯であり、かつ悲哀に包まれていたことが、記憶に鮮やかだ。おそらく、それ以降も、その村で弥生文化の痕跡が発見されることはなかったはずだ。そもそも東北地方においては、縄文文化が出土していない地域は皆無であるが、弥生文化はまだら模様に点在しているだけだ。「弥生時代」が空白の地域はまれではない。近年の考古学は、西の弥生文化とはかなり異質な、もうひとつの弥生文化が東北にはいとなまれていたという理解を示している。

むろん、司馬は気がついていた。不思議なことには、東北地方の「弥生文化の孤島群」は、その後衰滅したのである。それから、日本史は奈良朝・平安朝を迎える。「なぜほろんだのか、そのなぞまで東北がもつ魅力にちがいない」と、司馬は書いた。その謎はさほどむずかしくはない。気候風土に抗うかたちでの稲作は、そもそも危ういものだった。稲作はあらたな生産技術ではあったが、垂柳の人々は縄文以来の狩猟・採集のうえにそれを部分的に受容したのであり、稲作農耕の民となったわけではなかった。気候変動があって、寒冷化が進んだ。当時の耕作技術によっては、稲作を維持することができなくなった。そこで、稲作前線はいったん仙台の大崎平野のあたりまで後退したのである。

とはいえ、司馬が示した仮説もまた、なかなか魅力的なものではあった。

ただし、このように高い技術の初期稲作も、どういうわけか、途中で絶えてしまった。絶えた理由を推量すると、稲作人が、闘争的だったからかもしれない。稲作は、気が立つものらしい。他人の田に隣接するあぜを、蚤の幅ほどでも削って自分の田をひろげたい衝動をもっている。

それに、稲作の特徴は、ムラである。なにごともムラ単位でやり、ときにムラが結束して他のムラと戦争もする。欲望が昂(こう)じて、他のムラを併呑してしまったりもした。このあたり、縄文人とずいぶん気質がちがう。

採集者である縄文人には、所有欲がすくない。川をのぼってきたサケやマスも、渚にいる貝類も、木に実るクリやトチも、すべて神々からの賜わりものだという。それに対し、新来の稲作人は稲は自分がつくったものだ、という。たがいに所有の観念がちがうのである。

「あの連中はいやだ」

と、縄文勢力は、おもったにちがいない。縄文勢力が圧倒的に多数だった時期に、少数派の稲作グループは力負けしたか、それとも内部抗争によるものだったか、ともかくも衰滅した。(「田村麻呂の絵灯籠」)

おそらく、本州の北端の地・津軽で、こうした縄文人と弥生系の稲作人がじかに衝突したわけではない。縄文人があたらしい生産技術のひとつとして、つかの間稲作を受け入れたのである。ここでも司馬は、「採集者である縄文人」というイメージを選んでいる。狩猟という要素が排除されているのである。ただ、所有観念のちがいということは、たいせつな視点であったかと思う。

やがて、日本列島の西方が稲作化していき、その社会が成熟して、国家の形成にまでいたる。律令国家が誕生した。この国家が東北に進出する。東北南部は、律令国家の最前線である「柵」（軍事施設）の保護下で、あらためて西からきた稲作のくらしにしたがうようになる。とはいえ、古代の東北は一面に縄文文化で覆われていたのではなく、「縄文と稲作地域が斑のようになっていた」のである。いわば、狩猟・採集／稲作農耕が混在していとなまれていた、ということだ。司馬は十分に、東北の「斑状文化」（新野直吉）について承知していたのである。

それにしても、古代蝦夷の「征討」の場面である。坂上田村麻呂は、いまの岩手県の志波・胆沢のラインに留まることを選んだ。その先には、名だたるツガル蝦夷の地があった。しかし、いずれ後世、津軽が西方の文明をよしとして受け容れるにちがいない、それを待てばいい、と考えたらしい。おかげで津軽の人々は、いまも田村麻呂を大きな絵灯籠に描いて練り歩いている。「田村麻呂が、津軽をいわば無視したことによって、たがいに怨みを結ぶことなく済んだ」と、司馬はいう。そうして、津軽人の自尊心も満たされた、ということか。とにかく「負けなかった」のである。

ここでは、もうすこしていねいに、津軽人の精神史を解きほぐす必要がありそうだ。かつて、青森ネブタの最高の賞は「坂上田村麻呂賞」であったが、いまはその座を降りている。田村麻呂という侵略者が津軽の英雄に祀りあげられてきたのは、なぜか。しかも、田村麻呂は津軽の地にはまったく足跡を残していない。津軽の、東北の精神史はきっと、西の人・司馬遼太郎が思っていた以上に、したたかによじれているといわざるをえない。

こんな司馬の呟きを想い起こしておくのもいい。すなわち、「日本人は、多様な血をもっている。それが、私の日本人についての誇りでもある。日本列島には、地域的傾向がある」(「十三湖」)と。この視点をさらにもう一歩だけ、前に押し出したとき、東北をめぐる歴史像は根底からの転換を強いられることになるはずだ。

会津も斗南も、やがて遠い世になろうとしている

ここからは下北紀行である。維新後に、戊辰戦争の敗者となった会津藩の一万数千人の人々が、まるでシベリア流刑のように追われたのが、この下北半島であった。「奥州白河・会津のみち」のなかに、その惨憺たる情景が描かれていた。司馬はみずからの会津びいきを隠すことはなかった。結果として、「北のまほろば」は司馬の東北紀行の終楽章となった。その終楽章もおわりに近く、ついに、追われた会津の人々の子孫を斗南の地に訪ねて、ささやかな出会いを果たすのである。なにか、心の決着をつけようとしたかにもみえる。偶然であったはずがない。東北紀行の見えない中心は、まさしく会津であった。司馬はみずからの会津

への深い思いをめぐって、決着をつけねばならないと感じていたのではなかったか。「移ってきた会津藩」と題された章の冒頭（はじまり）である。

奥羽山脈は北にむかって勢いが尽きている。尽きた形が下北半島になって、柄をもつ斧のように海中に突き出ている。

三方が海で、東が太平洋である。北は津軽海峡、西は内海（うちうみ）をなし、鳥が卵を抱くようにして陸奥湾をかかえている姿が、可憐でなくもない。

下北半島は、古来、南部地方の一部であった。しかしふつうは、南部とはべつに、「下北」

とよばれる。青森県のおもしろさは、津軽地方と南部地方があり、さらに下北があることだといっていい。

荒蕪（こうぶ）の地である。

なにしろ夏には、オホーツク颪（おろし）ともいうべき冷たいやませが吹き、稲は育ちにくい。

下北半島の風景は荒涼として、寂しい。そう感じるのはわたしばかりではない。その理由のいくらかは、そこに稲田が見られないことだと気づいたときには、愕然とした。会津盆地はすでに、古代には水田稲作が受容され、いまは広く、豊かな稔（みの）りの風景が見られる土地である。それにたいして、下北は田んぼのほとんどに稗を植えていた雑穀地帯であり、その稗田が稲田に転換させられてゆくのは明治半ば以降であった。司馬もそのことには気づいていた。穀物を植えようにも稗しか育たず、土はあっても灰のようで、元来が熱帯植物である稲が育つはずがなかった、と書いている。津軽の人たちは、「下北半島では、夏でも綿入れを着ている」と語るのがつねだ。夏もヤマセに怯えねばならない土地だったのである。

明治初年であった。会津から移住してきた一万数千人の人々は、眼の前に広がっている下北の風景を眺めて、いったいなにを感じたのだろうか。その隔絶はまちがいなく、重く、鈍い痛みをともなうものであったはずだ。それはたんに、石高の問題ではない。生産者ではなかった士族階級の人たちが、刀を鍬に持ちかえて、しかも稲を作ることもむずかしい大地をどのように耕せばよかったのか。会津と下北、それは広大な東北の南／北の果ての、まったく隔絶した文化風土であったことを忘れてはならない。

司馬はマイクロバスに乗って、青森市から下北半島をめざした。一月はじめである。野辺地(のへじ)から太平洋岸の東通(ひがしどおり)に出て、防風林のなかをひたすら北上した。田名部（現むつ市東部）に着いたのは夜だった。「会津が来た話」には、会津藩の斗南移住について語られている。

　このような半島に、数奇なことに、東北南部の雄藩会津藩が引越してきたのである。
　会津人たちはこの地を、

「斗南」

というあたらしい名でよび、以後〝斗南藩〟と称することになった。命名のぬしは、会津藩重役広沢安任（やすとう）といわれている。斗南の斗とは北斗七星のことである。斗南とは北斗七星の南ということで、名はまことに雄大であった。

もともと会津藩士の数は、戸数にして四千戸といわれた。斗南に移ったのは、そのうちの約二千八百戸、約一万四千人といい、べつに四千三百戸、一万七千という説もあって、正確なことはよくわからない。

藩都は田名部におかれた。

戊辰のころの藩主は松平容保だったが、すでに隠居していたために、新藩主として一歳八カ月の容大が田名部の浄土真宗寺院徳玄寺を仮の宿とした。

会津藩の斗南入りは明治三年（一八七〇）五月で、土地にもとからいた三百戸のひとびとは、軒ごとに提灯をかかげて祝ってくれたという。

藩士たちはとりあえずは民家に分宿した。が、開墾しようにも農具もなかったという。

その後の運命は、当然とはいえ、きわめて苛酷なものだった。司馬は刻みつけるように書いている。農地の開拓はほとんどが失敗におわった。惨憺たる暮らしだった。『斗南藩史』によると、土地の人たちは、会津からの移住士族を「会津様」と尊称したが、蔭では「会津の毛虫」などと呼んだ。山野で食用になりそうな草があると、毛虫が草を食べるように採って食べたからだ、という。あるいは、「鳩ザムライ」などと陰口を叩いた。鳩が食べるような豆腐カスや大豆を食べていたからだ、という。明治六（一八七三）年に、維新政府による旧藩士への扶持米の打ち切りがおこなわれると、北海道に屯田兵として移住する者や、アメリカ合衆国のカリフォルニアへ移民する者などが続出した。それでもなお、この半島に留まったのは三百戸ほどだった、といわれる。

司馬によれば、田名部は古くからの砂鉄製鉄の地だった。そこで、会津の人々は鉄を採り、農具をつくる工場を建てた。いくらか成功したが、やがて洋式の製鉄に押されてほろんだ、という。あるいは、斗南藩は生き残りの活路のひとつを、貿易に見いだした。浦々を合併し、大湊というあたらしい名前をあたえ、ゆくゆくは「長崎のような繁華を夢みた」のだった。しかし、「歴史は怱忙（そうぼう）に過ぎ、熟するいとまがなかった」と、司馬は述べている。

それでも、下北は明治以降、たくさんの人材を生んできた。その理由は青森県人ならだれでも知っている、ともいう。会津藩が藩ぐるみ引っ越してきたからである。そう、すくなくとも司馬は書いている。さらにいう。

斗南藩のみごとさは、食ってゆけるあてもないこの窮状のなかで、まっさきに田名部の地に藩校を設けたことだった。

旧会津藩の藩校日新館の蔵書をこの田名部に移し、さらにあらたに購入した洋書を加えて、会津時代と同名の日新館を興したのである。

おもしろいのは、かつての日新館が藩士だけの教育の場だったのに対し、田名部での日新館は、土地の平民の子弟にひろく開放されたことだった。

この教育を通じて、この地方に会津の士風がのこされたといわれる。（「会津が来た話」）

近世の会津藩が、全国の三百の藩のなかで教育と文化において傑出した藩であったことを、司馬はくりかえし指摘していた。会津の人々はそれを、移住した下北の地でも実践したのである。しかも、土地の平民の子弟にたいしても学びの場として提供されたのだった。日新館の蔵書はみな斗南に運ばれ、洋書があらたに購入されたらしい。下北の人たちにとって、そこは知によって世界に出てゆくための輝かしい場になったにちがいない。明治以後、青森県において、教育・文化そしてマスコミなどの分野で活躍した人々のなかに、斗南藩とそれにかかわった下北の人々がとても多いといわれている。

それればかりではない。この地で厳しい少年期を過ごしたなかには、のちに東京帝大総長になった山川健次郎、『ある明治人の記録』を残した陸軍大将・柴五郎、『佳人之奇遇』という政治小説を書いた柴四郎（筆名は東海散士）などがいた。司馬によれば、大正期のはじめに大阪市長になり、「近代都市としての大阪の祖型」をつくったのは、池上四郎という人物だった。

この人は、戊辰のおりには十二歳で若松城に籠城し、父母とともに斗南へと移住して、日新館で学んだ、会津藩士の末裔だった。ちなみに、維新後に京都の街の近代化のために力を尽くしたのは、やはり会津藩士の山本覚馬（むろん、新島八重の兄――）であった。さらに、関東大震災のあとに東京という首都のグランド・デザインをおこなったのが、仙台藩の水沢出身の政治家・後藤新平であったことを想起してみるのもいい。いわば、東京・大阪・京都という三大都市の近代化が、戊辰戦争の敗者となった会津や仙台の藩士とその末裔たちによってになわれた、ということだ。

さて、司馬はこのとき、会津の末裔の人たちと、むつ市（田名部）の名の通った料理屋で一夕を共にしている。


まことに、愉快にすごした。

たれもが〝会津万歳〟といったようなことを語らなかった。

また、悲劇をことさら悲愴に語ろうともせず、ただ、

「会津若松市にゆくと、大切にしてくれます」

といったようなことを、斗南会津会副会長をつとめる元小学校の校長の星玄二さんが、ほどほどに話す程度だった。

「会津若松市に、薩摩の鹿児島市だったか、仲直りをしよう、といってきたそうです。

断ったといいます」

六十七歳の星さんがいう。

ただしこの話は有名で、私が聞き憶えているのは、申し入れたのは薩摩ではなく長州の萩市だったようである。もっともそのどちらであっても、戊辰戦争における新政府の主力であることにはかわりがない。

「その断りの口上が、〝斗南の人達の意向もあることだから〟ということだったそうです」

そういってくれるのがうれしい、と山僧めいた星さんがいう。

会津に残ったのは、いわゆる百姓・町人という担税者である。その末裔たちがいまなお会津藩をおもってくれるのは、藩政がわるくなかったからに相違ない。

（「斗南のひとびと」）

付け加えることはない。じつにみごとな筆である。ふたつの会津（会津若松／斗南会津）の微妙な関係性が、簡潔に語り尽くされている。会津若松の城下には、町人や百姓が残ったのである。それは庄内の鶴岡や置賜の米沢などとは、まるで異なった事情といっていい。そこでは、いまも武家社会の秩序意識が色濃く町を覆っているが、会津若松には意外なほどにそうした匂いは感じられない。士族の多くが外に出てしまったのである。会津に残った人々が、

「斗南の人達の意向もあることだから」というセリフとともに、いまなお薩摩や長州との関係修復を認めようとしない。この世に、斗南藩はたった一年しか存在しなかったことを思う。ところが、その斗南藩が、現代にまで落としている影の繊細な深さに、わたしは心を揺らしている。

のどやかな会食のおわりには、司馬はすくない食欲を鼓舞するように、うな丼を注文した。司馬はふと、「会津も斗南も、遠い世になったという実感」がひっそりと寄せてくるのを感じていた。そのとき、司馬遼太郎の東北紀行は確実に、幕を閉じようとしていたのではなかったか。遠ざかってゆく戊辰戦争、会津、そして、斗南……。司馬の東北びいきの芯に絡みついていたものが、そうして溶けてゆく瞬間に、わたしたちははからずも立ち会うことになったのかもしれない。

*

さて、「遠き世々」の章である。ここに唐突に、アイヌが登場してくる。「宝石が稀少鉱物とすれば、アイヌもそうである」という奇妙な言葉とともに、この章ははじまっている。それに続けて、「歴史のごく近代にいたるまで、縄文時代のような採集生活をつづけ、山河ことごとを神聖とする敬虔な心をもちつづけた」とみえる。ここにも狩猟の二文字はない。ただ、自然にたいするアニミズム的な心性が指摘されているばかりだ。

じつは、下北半島にはアイヌの人々が暮らしていた痕跡がある。かつて南部藩領だった下北には、近世初期までアイヌが住んでいたことが確認されているのだ。下北半島のもつ「魅力的な多様さ」であったか。当時、下北にはアイヌの棟梁が二人いたらしい。かれらが海峡や湾に面したアイヌの村々を統べていた。その後、下北半島にも和人が多く入りこんでくる。かれらは農地を拓いたり、漁港をつくったりした。古代以来の採集生活を続けてきたアイヌの人たちにとっては、「和人の営みはたけだけしすぎ、共に天を戴くという――気になれなかった」はずだ、という。いまは、残念ながら、下北半島にアイヌはいない。江戸時代に、すこしずつ北海道に渡り、ついに一人もいなくなったのである。これが司馬の思い描いた、下北半島のアイヌの盛衰史のあらすじであった。

アイヌとはだれか、という問い。「鉄が錦になる話」の章には、擦文文化に触れた一節があった。下北半島の先端に近い脇野沢付近では、擦文文化の遺物が多く出土しているらしい。司馬の了解はこんなものだ。――擦文文化は、本来、北海道で発達した文化とされている。奈良朝・平安朝のころか。この文化は、本州の古墳文化の影響を強くうけ、鉄器をともなっている。鉄の斧、鉄の蕨手刀、鉄の直刀……など。あるいは、擦文人は蝦夷の一派であったかもしれない、ともいう。ただし「アイヌではない」。考古学的にはアイヌ文化は、擦文文化が消えたあと、鎌倉時代ぐらいにあらたに出現しているからである。いずれであれ、下北半島は「諸文化が混在する地だった」のである。

考古学とはたしかに、司馬のいうように「日本人の正体を明かす学問」である。だからこそ、あえて書きつけておくが、縄文・蝦夷・アイヌの歴史的なつながりについては、近年の考古学があきらかにしてきたことに学びながら、あらためて司馬の諸説は再考されねばなるまい。

ひとつだけ指摘しておく。司馬の視野からは、どうやら狩猟的な世界が欠落しているようだ。なぜかは、よくわからない。西の文化は水田稲作に特化していったから、狩猟文化は早くから遠ざけられ、忌避された形跡がある。動物の命をはふり、皮を剝ぎ、肉を食べる文化は周縁部に追いやられ、身分差別の問題とからんで、闇に沈められていったのかもしれない。しかし、東北をフィールドにしてきた者にとっては、山の文化、とりわけ狩猟にかかわるフォークロアを視野の外に排除して、東北の縄文以来の文化について語ることはできない。そんな実感が揺るぎなく存在する。むろん、司馬は下北の畑(はた)というマタギ集落を訪ねて、聞き書きらしきことをしてはいる。それはしかし、縄文・蝦夷・アイヌとつながらずに、たんなる紀行のひと齣におわっている。

終幕に近く、司馬はまた、太宰治のことを思いだす。

このひとは津軽を負のかたまりのように思いつつ、昭和五年、東京に出た。仏文科に入学したためである。ついでながら、太宰は東京より西には無関心だった。西の限りは静岡県三島までで、日本を構成してきた他のまち、たとえば京都も奈良も長崎も見ることなく死んだ。太宰は、津軽と東京という、二元性のなかで生きていたかのようであった。太宰にとって、当時の多くの津軽出身者のように、津軽の負に対し、東京が正であった。かれは自分の負を消すための一つの作業として、津軽訛りを消した。

二十一歳の太宰には、東京弁については自信があった。この人の作品のどこかに、大学に入って早々、上野駅付近だったか、飲み屋にゆくくだりがある。はじめての店ながら、女主人にむかって自分の江戸弁を試した。長く喋った。女主人は、ふかぶかと聴いてくれた。聴きおわると、彼女は、

「お兄さん、東北ね」

といった。

〝擦文文化〟の後裔のみがもつ軽やかで重い自虐的ユーモアといっていい。(「蟹田の蟹」)

司馬の抱いていた東北人の原風景は、まさに太宰治のなかに凝縮されていたかと思う。「軽やかで重い自虐的ユーモア」とは、いかにも言い得て妙ではなかったか。それはたしかに、ひとつの東北人の心象風景の結晶ではあったかもしれない。が、同時に、東北がきわめて多様性をはらんだ土地であったことを忘れるわけにはいかない。

そういえば、「義経渡海」の章には、「だからこそ、東北は、柳田国男の民俗学の宝庫であったにちがいない。東北人の想像力には、跳躍力もある」とみえる。義経伝説にからんで

の言葉だ。司馬はここで、さりげなく、民俗学が豊饒なる想像力によってこそ支えられていること、いわば民俗学と文学との秘められたなまぐさい関係について指摘していたのではなかったか。南部のある集落では、さらに大きく跳んで、「キリストがその村にきた」などという伝説までつくられているのだ。「雪が伝承をつくる」、そう、司馬はいう。「もし冬、私が雪のなかにいて、この三厩村で降る雪に耐えているとすれば、義経についての口碑は半ば信じたにちがいない。雪の下では、伝承のほうが美しいのである」といった言葉など、どこか奇妙によじれながらも、深いところに届いている感触がある。

さて、最後の章は「リンゴの涙」と題されていた。

野沢小学校一年くどうみわこさんの「でかせぎ」という題の詩は、影絵芝居を見るように輪郭がくっきりして、かなしい。

きのうね
おとうさん
いっちゃった
ひとりででかせぎに
いっちゃった

ほんとに
いっちゃった
おうまさんに
なるって
いっていたのに

津軽や南部のことばをきいていると、そのまま詩だとおもうことがある。
この小さな津軽詩人の詩を借りて、「北のまほろば」を終える。

やはり、司馬にとっては、東北は一篇の詩でなければならなかったのだと思う。とはいえ、これは歌枕という外からのまなざしが浮かびあがらせる詩ではない。津軽の小さな女の子の紡いだ、小さな言葉の織物のなかに、東北の詩が見いだされている。これもまた、辺境へのロマン主義の所産であったか。いや、そうではあるまい。司馬の東北紀行のなかには、東北の人々よ、ルサンチマンを超えて、みずからの豊饒なる詩的世界を解き放て、という朗(ほが)らかなメッセージがこだましている。東北はすでにして、偉大なのであるから。
その先の東北紀行を読むことができないことが、ひたすらに寂しい。

あとがき

これはほんの偶然か、気まぐれによって生まれた本である。わたしは自分が、こうして司馬遼太郎論をまとめることになるとは、まるで予期していなかった。とはいえ、書こうと思い立ったのはたしかにわたし自身であり、だれに促されたわけでも求められたわけでもない。以前に『街道をゆく』にかかわる短いエッセイを二編ほど書いたことはあるが、これはまったくの書き下ろし原稿である。すべては三・一一以後に属している。

一年半ほど前の夏の盛りに、初稿は十日間足らずで一気に書きあげた。それから、およそ一年のあいだは寝かしておいた。出版のアテがなかったわけではないが、はじまりの企画は流れて、漂流することになったのである。去年の夏、一年振りに引っ張りだして、思い切り改稿の手を加えたのだった。そのとき、ようやく自分が司馬遼太郎論を書かねばならない必然があることに気づいた。ここでは、その一端にだけ触れておく。

やはり、必然らしきものはあったのである。関心はあらかじめ、司馬の著作のなかでも『街道をゆく』に限定されていたし、さらに、そのなかに含まれている六編の東北紀行へと絞り込まれていた。わたしは一九九〇年代のはじめから、東北学を掲げて、ひたすら東北一円をフィールドにした「歩く・見る・聞く」(宮本常一)の旅を重ねてきた。当然のごとくに、司馬の『街道をゆく』のなかの東北紀行には深い関心をそそられてきた。とはいえ、たとえば旅の作法において、司馬その人は宮本常一などとはおよそかけ離れた存在ではなかったか。わたし自身とも肌触りがまったく異なった旅の人だ。そうした印象は、いつしかわたしのなかに棲みついていたが、司馬遼太郎とその『街道をゆく』が気がかりな存在であることに変わりはなかった。司馬その人が宮本にたいして一定の敬意を表していたことにも、注意を促しておきたい。

それにしても、執筆の以前にあったのは、司馬の東北紀行が思いがけず面白そうだという、ちょっとした予感のようなものにすぎない。確信があったわけでもない。そもそも、とりあえずのように東北紀行などと名づけてはみたが、それはあくまでわたしの側の勝手な読み方であり、司馬自身のなかにそうした括りの意識があったとも思えない。東北とかぎらず、『街道をゆく』というテクストを、そのような地域ブロックに分けて論じるといった読みの作法は、これまでの司馬遼太郎論の系譜のなかに、あきらかに見いだされるわけではない。たとえば、九州紀行や東海紀行などというものは成り立つのだろうか。わたしにわかるのはただ、すくなくとも東北紀行だけは成り立つということだ。たぶん、司馬にとって東北はどこか特別な愛惜の土地だったのである。

大きくいえば、これはわたし自身の〈風土の旅学〉と呼んでいる仕事の一環をなすものである。先人たちの紀行文を携えて、その土地を「歩く・見る・聞く」ために旅をする。東日本大震災の以前から続けてきた仕事ではあるが、三・一一以後はそれがどこか巡礼の旅のようになっていった。『街道をゆく』のなかの東北紀行の読み方も、いつしか変容を強いられているように感じた瞬間が、たしかにあった。

わたしの、司馬遼太郎とその『街道をゆく』にたいする関心の根っこには、ある拭いがたい異和の感覚がまつわりついていた。そこに見いだされる東北論が、あくまで西からの眼差しに貫かれていることこそが大切な要件であった、といってもいい。司馬ははっきりと、東北を異文化の大地として眺めていた。むろん、「日本」の外縁に広がる異域と見なしていたわけではない。そこは「日本」の内なる周縁ないし辺境であり、西国からははるかに遠い異文化を抱いた道の奥（＝みちのく）であった。

そして、それこそが三・一一以後には切実に求められている、と感じた。二〇一一年三月に起こった東日本大震災がいつしか剝き出しにしたことのひとつに、震災にかかわる関心において「日本」の東／西に見過ごしがたい温度差が見られた、という現実があった。むろん、西の地域ではあきらかに関心が薄く、ときには冷淡とすら感じられたのである。いま、詳しく述べることはできないが、いずれであれ、西の人々にとっては、東北ははるかに遠く隔たった未知の国（＝みちのく）であるという現実は、否定しようもない。それはたぶん、司馬が東北紀行のなかで飽かず追究していた、歌枕をめぐるさまざまな問いの群れに眼を凝らすことによって、しだいに浮き彫りになってゆくことかもしれない。わたしはいわば、司馬の東北紀行の読み解きを仲立ちとして、西の人々の精神史の一端に触れることを望んだのである。東北を語ることが、まるで陰画のように西の人々の心のありようを剝き出しに顕わすにちがいない。

あえていってみれば、東北はこの「日本」という国家（……それはむろん、歴史家の網野善彦が語ったものだ）にとっては、まさしく千年の植民地である。とりわけ西の精神史にとっては、それは憧憬と蔑視とにひき裂かれた両義的な場所である。歌枕の大地として憧れの地とされたみちのく世界が、その裏にヤマト王権によって仕掛けられた征服戦争の影を秘め隠していることは、まさに司馬自身がていねいに物語りしていたことではなかったか。初代の征夷大将軍であった坂上田村麻呂が、蝦夷の首長である阿弖流為（アテルイ）を滅ぼしてから、二、三十年も経たずして、みちのくが歌枕の憧れの地として姿をあらわしたのは、とうてい偶然であったはずがない。

そして、東北は幕末の戊辰戦争において、薩長の軍勢によって厳しい敗北へと追いやられ、あらためて内なる植民地として再編されることになった。「白河以北、一山百文」なる蔑視の言葉を投げつけたのは、司馬が抑えた怒りとともに語っていたように、長州藩の士官のひとりであった。司馬の東北紀行の見えざる中心が、ほかならぬ会津であったことには、幾重にも避けがたい必然があったはずだ。この小さな本のなかでは、そのことをはっきりと確認することができたかと思う。司馬が抱え込んでいた、会津への、東北へのいわば贖罪意識は、あえていっておくが、司馬その人の精神の深みに根ざしていたものである。なにより、正義のドグマを振りかざすイデオロギーの下僕たちに向けての、司馬の激越といっていい批判の眼差しには、熱い共感を覚えずにはいられなかった。東日本大震災は、この国の知や思想のうえに巨大な地殻変動を惹き起こしている。浅薄きわまりないイデオロギーの下僕たちとの戦いから、逃げるわけにはいかない、とあらためて思う。

さて、すでに触れておいたように、この小さな本はいくらかの漂流の末に刊行にこぎ着けるにいたった。新しい出版社に移ったばかりの編集者の赤瀬智彦さんに託すことになった。これもまた、偶然のようで、やはり必然がある。本作りはいつだって同行二人である。赤瀬さんとは、三・一一以後に出会ったが、その若い志に共感してきた。人文書院という京都の出版社であることにも、見えない縁を感じずにはいられない。若い頃に声をかけていただいたことがあった。再会である。歓びを感じている。感謝。

二〇一四年一二月二六日

赤坂　憲雄

引用文献

第一章　司馬遼太郎『陸奥のみち、肥薩のみち　街道をゆく3』朝日文庫
第二章　司馬遼太郎『羽州街道、佐渡のみち 街道をゆく10』朝日文庫
第三章　司馬遼太郎『嵯峨散歩、仙台・石巻　街道をゆく26』朝日文庫
第四章　司馬遼太郎『秋田県散歩、飛騨紀行　街道をゆく29』朝日文庫
第五章　司馬遼太郎『白河・会津のみち、赤坂散歩　街道をゆく33』朝日文庫
第六章　司馬遼太郎『北のまほろば　街道をゆく41』朝日文庫

参考文献

司馬遼太郎『王城の護衛者』講談社、一九六八年/講談社文庫、二〇〇七年
――『菜の花の沖』文藝春秋、一九八二年/文春文庫、二〇〇〇年

*

安部公房『砂の女』新潮社、一九六二年/新潮文庫、二〇〇三年
網野善彦『中世の非農業民と天皇』(網野善彦著作集七)、岩波書店、二〇〇八年
安藤昌益『稿本自然真営道』平凡社東洋文庫、一九八一年
石光真人編『ある明治人の記録――会津人柴五郎の遺書』中公新書、一九七一年
井上ひさし『コメの話』新潮文庫、一九九二年/新潮オンデマンドブックス、二〇〇二年
――『吉里吉里人』上中下、新潮社、一九八一年/新潮文庫、一九八五年
内田武志『菅江真澄の旅と日記』未来社、一九九一年/新装版、二〇一一年
葛西富夫『斗南藩史』斗南会津会、一九七一年
狩野亨吉『安藤昌益』書肆心水、二〇〇六年
鴨長明『無名抄』(日本古典文学大系六五)、岩波書店、一九六一年

コンラッド、ジョセフ『闇の奥』黒原敏行訳、光文社文庫、二〇〇九年
佐瀬与次右衛門『会津農書』（日本農書全集十九 会津農書 会津農書附録）、農山漁村文化協会、一九八二年
清少納言『枕草子』（新日本古典文学大系二五）、岩波書店、一九九一年
菅江真澄『菅江真澄遊覧記』一～五、平凡社東洋文庫、一九六五年
太宰治『惜別』（決定版 太宰治全集八 小説七）、筑摩書房、一九九八年
――『津軽』（決定版 太宰治全集八 小説七）、筑摩書房、一九九八年
――『富嶽百景』（決定版 太宰治全集三 小説二）、筑摩書房、一九九八年
東海散士『佳人之奇遇』（新日本古典文学大系 明治編 政治小説集二）、岩波書店、二〇〇六年
内藤湖南「維新史の資料に就て」『内藤湖南全集』九、筑摩書房、一九九七年
西村寿行『蒼茫の大地、滅ぶ』上下、講談社、一九七八年／荒蝦夷、二〇一三年
ノーマン、ハーバード『忘れられた思想家――安藤昌益のこと』大窪愿二訳、岩波新書、一九五〇年／一九九一年
バード、イザベラ、金坂清則訳『新訳 日本奥地紀行』平凡社東洋文庫、二〇一三年
原勝郎『日本中世史』創元社、一九三九年／平凡社東洋文庫、一九六九年
松尾芭蕉『芭蕉句集』（新潮日本古典集成）、新潮社、一九八二年
宮沢賢治「原体剣舞連」『春と修羅』（新校本 宮澤賢治全集二 詩一）筑摩書店、一九九五年
柳田国男「潟に関する聯想」（柳田國男全集二三）、筑摩書房、二〇〇六年
――『遠野物語』（柳田國男全集二）、筑摩書房、一九九七年
――『雪国の春』（柳田國男全集三）、筑摩書房、一九九七年
山片蟠桃『夢の代』（日本思想体系四三）、岩波書店、一九七三年

山川浩『京都守護職始末』平凡社東洋文庫、一九六五年
山田揆一『仙台物産沿革』（仙台叢書 別集二）、仙台叢書刊行会、一九二六年／宝文堂出版販売、一九七七年
吉田松陰『東北遊日記』上下、松下村塾蔵版、一八六八年
魯迅『藤野先生』（魯迅作品集）、講談社、一九七九年／『阿Q正伝・藤野先生』講談社文芸文庫、二〇〇九年
『古今和歌集』（新日本古典文学大系五）、岩波書店、一九八九年
『古事記』（日本思想体系一）、岩波書店、一九八二年
『後拾遺和歌集』（新日本古典文学大系八）、岩波書店、一九九四年
『十訓抄』（新編日本古典文学全集五一）、小学館、一九九七年
『太平記』一～三（日本古典文学大系三四～三六）、岩波書店、一九九三年
『日本書紀』上下（日本古典文学大系六七・六八）、岩波書店、一九六七～六八年

＊

赤坂憲雄『イザベラ・バードの東北紀行［会津・置賜篇］――『日本奥地紀行』を歩く』平凡社、二〇一四年
――『岡本太郎の見た日本』岩波書店、二〇〇七年
――『東西／南北考』岩波新書、二〇〇〇年
――『遠野／物語考』宝島社、一九九四年／『増補版 遠野／物語考』荒蝦夷、二〇一〇年
――『婆のいざない――地域学へ』柏書房、二〇一〇年
――『山野河海まんだら――東北から民俗誌を織る』筑摩書房、一九九九年

【著者紹介】

赤坂憲雄（あかさか・のりお）

一九五三年東京生まれ。東京大学文学部卒業。民俗学者。学習院大学教授。福島県立博物館館長。一九九九年『東北学』を創刊。二〇〇七年『岡本太郎の見た日本』でドゥマゴ文学賞受賞。二〇〇八年同書で芸術選奨文部科学大臣賞受賞。二〇一一年東日本大震災後、政府の復興構想会議委員を務める。著書に『東北学／忘れられた東北』『3・11から考える「この国のかたち」』『柳田国男を読む』『北のはやり歌』『岡本太郎という思想』『震災考』『イザベラ・バードの東北紀行［会津・置賜篇］』『ゴジラとナウシカ』『東北の震災と想像力』（鷲田清一との共著）『「辺境」からはじまる』（小熊英二との共編著）など。

司馬遼太郎　東北をゆく

2015年1月20日　初版第1刷印刷
2015年1月30日　初版第1刷発行

著　者――赤坂憲雄
発行者――渡辺博史
発行所――人文書院
〒612-8447
京都市伏見区竹田西内畑町9
電　話　075-603-1344
振　替　01000-8-1103
装　丁――間村俊一
印刷所――亜細亜印刷株式会社
製本所――坂井製本所

ISBN978-4-409-16097-8　C0095
（落丁・乱丁本は小社郵送料負担にてお取替えいたします）